발레하는

할머니

몸쓰기 시리즈 04

발레하는

할머니

예라영 지음

라라

"날아오른다."

발레를 하면 날아오를 수 있습니다.
그렇게 다시 내 심장은 뛰고,
낯선 내 모습은 나를 설레게 합니다.

Intro.

'발레'가 대중서인 '라라' 몸쓰기 시리즈의 한 파트를 담당하는 날이 왔다는 것이 20~30년 전부터 발레의 대중화에 힘써 왔던 저에게는 새로운 감회를 줍니다. 이제 정말 발레가 대중들에게 많이 친숙해졌다는 것을 느낄 수 있는 대목 같았습니다. 고급 예술이 아닌 '나의 운동'으로 발레를 궁금해하는 사람들이 많아졌다는 사실에 신이 나서 이 책을 쭉쭉 써 내려 갔던 것 같습니다.

한국예술종합학교 평생교육원 성인발레 수업과 저의 아카데미 성인발레 수업에서 만난 여러 취미 발레러 분들과 나누었던 이야기들을 이 책에 담았습니다. 발레의 효과에 너무 만족하며 주변 지인들에게 알려주고 싶은데, 그 마음만큼 다 전달되지 않아서 답답했다는 분들의 이야기를 들으며, 제가 대신해서 그 장점을 잘 정리해 드려야겠다는 마음으로 책을 썼습니다.

누구나 어렵지 않게 발레를 시작할 수 있도록, 발레에 대한 사소한 궁금증들을 해결해드리겠습니다. 다른 운동과 발레를 구체적으로 비교해보고 싶었던 분들께 장단점을 설명드리고, 발레에 관한 교양 상식과 발레 효과, 무엇보다 살아있는 저의 발레 경험들을 친근한 어조로 전달 드리겠습니다. 가벼운 스낵 한 봉지를 먹듯이, 가볍게 이 책 한 권을 후루룩 읽으셨으면 합니다. 그리고 이 책을 덮을 때는 발레와 친구가 된 듯한 친숙함을 느낄 수 있었으면 합니다.

'흥겹고 즐거운 삶을 산다'는 의미의 순우리말 '라라'가 있는 줄은 몰랐지만, 저는 '즐겁고 행복한 삶을 만드는 발레'라는 의미를 담은 '라라라'라는 이름을 2000년부터 사용해왔습니다. 그래서 '라라' 몸쓰기 시리즈와의 만남이 저에게는 운명적 만남처럼 느껴집니다.

당신이 이 책을 손에 든 지금 이 순간이, 발레가 당신의 인생에 들어오는 운명적인 만남이 되기를 바랍니다.

예라영 올림

글에 앞서

······

이 책의 용어는
발레 수업 현장에서 많이 사용하는 단어를 선택하여,
초보자들의 혼선을 최소화하고자 했다.

저자는 비록 정확하지 않은 한국식 표현일지라도
많은 사람들이 오랜 기간 사용하고 있다면
그것 또한 하나의 언어로 인정할 수 있다고 본다.

'포인트 슈즈'가 정확한 표현일지라도
한국에서 많이 사용하는 '토슈즈'라는
직관적 표현을 따르는 것이 그 예이다.

목차

CHAPTER 1

발레와의 첫 만남

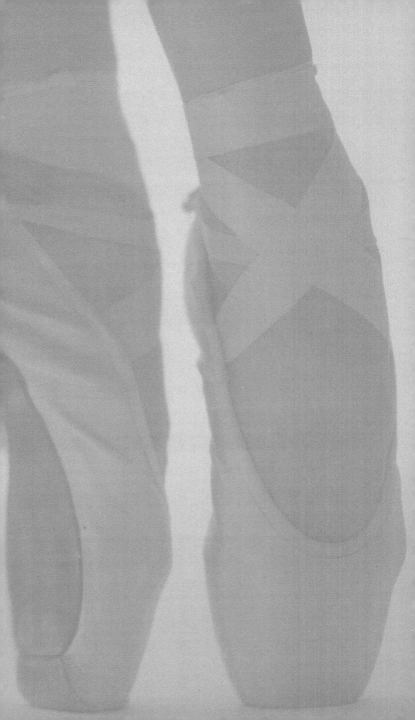

발레는 운동일까?

'운동을 시작해야겠어!'라고 다짐한 당신, 어떤 운동을 먼저 떠올리셨나요? 걷기, 러닝, 등산, 헬스처럼 상대적으로 쉽게 접근할 수 있는 운동을 가장 먼저 떠올릴 것입니다. 그보다 조금 더 몸매를 예쁘게 만들며 관리하고 싶은 분이라면 필라테스나 요가를 생각해 보실 수도 있겠지요.

아마도 운동의 한 장르로 발레를 가장 먼저 떠올리는 경우는 흔치 않을 듯합니다. 그만큼 발레는 다른 운동에 비해 시작 문턱이 조금 높은 느낌이 있습니다. 헬스장이나 필라테스처럼 발레 수업을 받을 수 있는 곳이 흔하지 않고, 내게 맞는 수업을 내 집 가까운 곳에서 찾기란 더욱 어려웠기 때문입니다.

하지만 문화센터, 복지관 등에서 성인을 위한 발레 수업이 점점 늘어나고 있습니다. 덕분에 발레를 경험해 본 성인들을 어렵지 않게 만나게 되곤 합니다.

발레와 필라테스의 차이점

발레에 관심이 생겼다면 도대체 필라테스, 요가, 발레가 어떤 점에서 차이가 있는지 궁금해질 수 있습니다. 실제로 이 근본적인 질문을 조심스럽게 물어보시는 분들도 있습니다.

요즘은 특히 필라테스와 발레의 차이가 뭐냐고 물으시는 분들이 많습니다. 발레가 '발레핏' '발레 스트레칭' '발레 필라테스'이라는 이름의 운동 프로그램으로 대중들에게 다가가면서 발레 수업과 필라테스 수업의 차이점을 구분하기 어려워진 까닭입니다. 발레의 근육 사용법과 호흡법 등이 필라테스와 비슷하다는 점도 혼란을 더하는 이유가 됩니다.

우선 발레와 필라테스의 차이를 한마디로 표현하자면, 발레는 공연을 위한 '춤 예술'이고, 필라테스는 '재활 운동'이라는 점입니다. 발레는 무대에서 멋진 공연을 펼치기 위해 몸을 훈련하는 과정을 배우는 예술입니다. 필라테스는 부상자들의 재활 치료를 목적으로 운동을 배우지요. 때문에 필라테스는 근육을 섬세하게 나누어 운동하게 됩니다.

발레도 필라테스처럼 섬세하게 근육을 사용합니다. 그러나 발레에서는 근육 발달을 궁극적인 목표로 두지 않습니다. 근육을 트레이닝하는 과정은 멋진 춤을 추기 위한 준비의 과정이고, 탄탄하고 아름다운 몸은 발레 춤을 추다 보면 자연스럽게 따라오는 결과물이 됩니다. 즉, 발레의 진정한 목표는 재활 운동보다는 수준 높은 표현 예술의 경지에 있습니다.

또한 발레가 필라테스와 비슷하다고 말하지만, 정확히는 필라테스가 발레의 몸 사용법을 따른다고 보는 것이 더 맞습니다. 발레가 필라테스보다 훨씬 더 오랜 역사를 가졌기 때문이지요. 발레는 400년의 역사를 거치며 프랑스 궁정에서부터 체계적으로 정립되어 온 과학적인 움직임입니다. 발레 교육과정은 전문무용수들을 위해 연구되어 온 만큼, 일반인 기준의 바른 몸을 완성시키는 것은 너무나 당연하고, 그 이상의 경지까지 끌어올릴 수 있도록 수업을 마련하고 있습니다.

다만 발레의 구체적인 근육 사용법은 발레 전문가 과정에서만 배울 수 있는 경우가 많았습니다. 발레 전공자들은 동작을 보다 정확하고 정교하게 완성시키기 위해 구체적인 근육 사용 방법을 배우게 됩니다. 이 과정에서 정확한 근육의 명칭 사용과 함께 한 근육만을 집중적으로 사용할 수 있도록 움직임을 분리하여 설명하는 것이 필라테스와 유사합니다. 그래서 발레리나들도 워밍업 운동으로 필라테스 운동을 많이 합니다.

아쉽게도, 일반인들은 발레의 근육 사용을 느껴 본 적도 설명을 들어본 적도 없습니다. 그러다 보니 발레의 운동 효과는 그 탁월함에 비해 대중들에게 널리 알려지지 않은 측면이 있습니다. 혹은 발레를 배우기 시작했더라도 초급 단계에서는 발레리나들의 워밍업에 해당하는 운동부터 배우다 보니, 발레 수업과 필라테스가 비슷해 보일 수 있습니다.

하지만 초급 단계에서 경험한 발레는 빙산의 일각입니다. 매트 운동은 발레를 위한 워밍업 운동일 뿐입니다. 플로어 바Floor Bar라고 해서, 바닥에서 발레 동작 같은 것을 하는데, 자세가 아직 나오지 않는 초급 과정에서는 서서 하는 것보다 바닥에서 하는 것이 몸을 바르게 잡기에 더 좋기 때문에 매트 운동부터 시작합니다. 진짜 발레 클래스는 바bar를 잡고 서서 하는 플리에plie 동작부터입니다. 발레 실력이 초급을 벗어나, 중급이 되면 다양한 발레 동작을 배우면서 필라테스, 요가와는 완전히 다른 수업을 받게 됩니다. 그때는 발레와 필라테스가 무엇이 다르냐는 질문이 더 이상 나올 수 없습니다.

발레는 모든 움직임의 기본이라고 말합니다. 체조, 피겨스케이팅, 현대무용, 한국무용, 배우, 모델 등 몸을 사용하는 분야에서는 발레를 필수 과목으로 여깁니다. 그만큼 발레에는 몸의 정렬을 바르게 하고, 가장 아름다운 바디라인을 만드는 노하우가 담겨있습니다. 그래서 발레의 기본기를 잘 배운 사람들은 모든 분야에서 기본기가 좋다는 평가를 받습니다.

발레와 요가는 무엇이 다른가요?

발레와 비견되는 또 하나의 운동으로는 요가를 들 수 있겠습니다. 요가는 발레와 비슷한 듯하면서도, 매우 상반된 운동입니다. 가장 큰 차이는 두 가지로 정리할 수 있습니다.

첫째, 요가가 내면을 향해 있다면, 발레는 외부를 향해 있다고 할 수 있습니다. 요가는 나의 마음과 몸의 수련을 목표로 하고, 발레는 관객에게 아름다운 인체의 움직임을 보여주는 것을 목표로 합니다. 즉 발레의 최종의 목표는 미적으로 보여지기 위해 나의 몸을 완성하는 것이라 할 수 있습니다. 하지만 요즘 성인 취미 발레 수업은 공연을 목적으로 발레를 배운다기보다, 내 몸의 건강과 내 마음의 힐링을 위해 배우는 경우가 대부분입니다. 그러다 보니 공연보다는 몸과 마음의 건강에 더 초점을 두고 수업이 진행되는 경우가 많습니다. 특히 초급 과정은 더더욱 자신의 몸에 집중하는 수업을 하게 되지요. 기본기가 쌓여 중·고급 단계로 올라가면 그때쯤 발표회나 콩쿠르 등 무대 공연을 고려해 볼 수 있습니다. 화려한 의상과 조명 등으로 완성되는 발레는 무대 공연을 경험할 때 다른 운동과 차별화되는 진정한 의미의 발레를 경험할 수 있게 됩니다.

둘째, 요가가 정적이라면, 발레는 동적입니다. 발레는 더 자유롭게, 더 다양하게, 더 잘 움직이기 위한 운동이라고 할 수 있습니다. 그러나 요가는 더 잘 움직이기 위해서가 아니라, 자신의 내면을 더 잘 정돈하기 위해 몸을 움직입니다. 그래서 요가는 요가 매트 크기의 1평의 공간만 있어도 가능합니다. 반면 발레는 더 높이 더 멀리 뛰기 위한 점프 동작 등을 포함하므로, 다양한 발레 동작을 하려면 넓은 전용 공간을 필요로 합니다.

이 두 특징이 요가와 발레가 비슷한 듯하지만, 완전히 반대되는 성향을 갖고 있는 특징이라 할 수 있습니다.

요가 vs 필라테스 vs 발레, 내게 맞는 운동은?

요가, 필라테스, 발레, 이 세 운동은 여성들이 많이 선호하는 운동입니다. 저도 발레, 필라테스, 요가 이 세 운동을 모두 좋아하고, 각각의 특징과 필요에 따라서 이 세 가지 운동을 모두 병행

하고 있습니다. 요가는 마음의 평화를 목적으로 명상과 스트레칭을 위해 합니다. 필라테스는 발레를 시작하기 전 워밍업 운동으로 합니다. 발레는 머리끝부터 발끝까지 전신을 젊고 아름답게, 그리고 몸을 강하고 부드럽게 만들기 위한 목적으로 합니다. 그리고 무엇보다 마음의 힐링을 위해서 발레를 합니다. 이 세 운동의 장점과 특징을 조금 더 구체적으로 설명해 보겠습니다.

요가는 명상을 통한 마음의 수련에 효과적입니다. 깊은 호흡과 전신 스트레칭을 통해 스트레스를 해소하고 마음의 안정을 찾는 데 좋습니다. 차분하고 정적인 운동이기 때문에 호불호가 있는 편이지만 꾸준하게 수련하면 유연성이 가장 많이 발달합니다. 요가도 고급 단계로 갈수록 많은 근력을 필요로 하지만, 상대적으로 근육의 힘을 기르는 것은 필라테스나 발레보다는 부족하다고 할 수 있습니다. 나이가 들수록 근육이 저절로 없어지는 근감소증이 오기 때문에, 근육량을 늘리기 위한 운동을 일부러 해주어야 하는데, 근육량을 늘리는 부분에서는 필라테스나 발레가 요가보다는 좀 더 효과적입니다.

필라테스는 해부학적 이해를 바탕으로 보다 섬세한 운동을 하는 데 도움이 됩니다. 재활 치료를 목적으로 개발된 운동답게, 부족한 근력과 유연성을 집중적으로 강화시킵니다. 필라테스는 기구를 사용하기도 하지만, 결국 요가와 마찬가지로 1평의 공간 안에서 이루어지는 정적인 운동이라고 할 수 있습니다. 그래서 활동적인 운동을 원하는 분이라면 답답함을 느낄 수 있습니다. 무엇보다 필라테스는 감성적인 활동이 아니다 보니, 약을 먹는 마음으로 운동하게 되는 경향이 있습니다. 입에 쓴 약이 몸에 좋은 것은 알지만, 재밌는 취미 생활로 장기적으로 꾸준히 하는 데는 어려움을 느낍니다.

발레는 바른 자세를 가장 잘 만들어 줍니다. 발레는 모든 움직임의 기본이 되는 만큼, 몸의 정렬을 지키는 것을 가장 중요하게 생각합니다. 더불어 발레는 머리끝에서 발끝까지 전신의 근력과 전신의 유연성을 동시에 향상시켜 줍니다. 오래 앉아 있는 현대인들은 잘못된 자세를 갖고 있는 경우가 많습니다. 잘못된 자세는 거북목, 척추 측만, 디스크 등으로 발전하여 결국 통증을 유발합니다. 자세를 교정함으로써 허리, 목, 무릎, 발목 등의 다양한 통증을 근본적으로 해결할 수 있습니다.

무엇보다 필라테스, 요가와 차별화되는 발레의 가장 큰 특징은 클래식 음악과 함께하는 예술 활동이라는 점입니다. 넓은 공간에서 클래식 음악에 맞춰 춤을 추는 즐거움을 통해, 몸과 마음의 힐링을 할 수 있다는 것이 발레의 가장 큰 특징이라 하겠습니다. 발레는 운동의 효과 때문도 있지만, 감성적인 활동이어서 취미 생활로써 꾸준히 오랫동안 하게 되는 경우가 많습니다.

정리하자면 요가, 필라테스가 1평의 공간에서 하는 정적인 운동인 반면, 발레는 넓은 공간에서 하는 동적인 운동입니다. 각자 장점을 가지고 있지만 특히 발레는 머리끝부터 발끝까지 전신의 근력과 유연성을 골고루 향상시켜, 인체의 가장 아름다운 바디 라인을 만듭니다. 더불어 발레는 클래식 음악과 함께 하는 감성적 예술 활동입니다.

여기서 잠깐! | 발레적 근육

발레는 전신 운동으로써 인간의 바디라인을 가장 아름답게 만들어 주는 운동입니다. 보통 몸에 근육이 붙으면 몸이 남성적이 됩니다. 대부분의 운동은 근육이 짧고 굵게 생기기 때문입니다. 그런데 근육이 생기면서 여성스럽게 몸매가 잡히는 유일한 운동이 발레입니다. 발레는 얇고 길게 근육을 만들어 주기 때문에, 근육이 생길수록 여성스러워집니다. 섬세한 근육 덕분에 우아하고 기품있어 보이는 느낌으로 몸이 만들어지며, 드레스가 어울리는 라인으로 몸이 잡힙니다. 남자 발레리노들의 우아한 잔근육에서 헬스 보이와는 상이한 느낌이 드는 것도 이런 이유 때문입니다.

발레는 예술일까?

"요즘은 발레로 몸매 관리하는 연예인이 많다면서요?" "발레하면 살 많이 빠지나요?" 이렇게 발레를 운동이라 생각하고 물어오시는 분이 있는가 하면, "지난 크리스마스에 아이들과 함께 예술의 전당에서 국립발레단 〈호두까기 인형〉을 봤어요!" "이번에 내한한 러시아 발레단의 〈백조의 호수〉를 봤는데 너무 멋있었어요." 처럼 예술로써 발레를 동경하며 제게 발레를 물어보시는 분들도 많습니다.

여러분은 '발레' 하면 먼저 '운동'이 떠오르시나요? '공연 예술'이 먼저 떠오르시나요? 대학에서도 발레가 속하는 무용과는 체육대학에 속해 있기도 하고 예술대학에 속해 있기도 합니다. 진짜 귀에 걸면 귀걸이, 코에 걸면 코걸이 같은 발레이지요.

이삼십 년 전만 해도 '발레'라고 하면 건강을 위한 '운동'보다는 '공연 예술'이라는 이미지를 먼저 떠올렸던 것 같습니다. 발레는 본인이 하는 운동이 아니라, 발레리나의 공연을 보는 것이라는 인식이 더 컸던 것이죠. 하지만 이제는 전문가가 아니더라도 누구나 발레를 배울 수 있게 되면서 운동의 한 종류로 자리를 잡아가고 있습니다.

발레가 '공연예술'에서 '운동'이라는 인식으로 변화된 데에는 발레에서부터 파생된 발레 운동 수업들이 많이 생겨났기 때문입니다. 클래식 발레의 운동적 효과만을 뽑아서 프로그램을 만든 '발레핏', '발레 스트레칭' '발레 필라테스' 등이 있지요. 헬스장의 GX프로그램, 문화센터, 복지관 등에서 이런 대중적인 발레 수업들이 많이 이루어지고 있습니다.

저 역시 이 책에서는 운동적 관점을 중점적으로 얘기하겠지만, 발레는 최종적으로는 예술 활동이라는 사실을 기억해 주세요. 실제로 발레 수업에 참여해 보면, 운동적 효과와 더불어 예술 활동의 즐거움에도 푹 빠지게 됩니다. 발레는 운동과 예술이 합쳐져 있어서, 신체적 만족감과 동시에 정서적 만족감까지 한 번에 느낄 수 있는 특별한 운동이자 예술 활동입니다.

전통적인 관점, 역사적인 관점으로 본다면 발레는 예술로 분류되는 것이 당연합니다. 그럼 이 두 가지 관점으로 발레를 조금 더 자세히 들여다 볼까요?

발레는 '종합 예술'

해마다 12월이 되면 전 세계의 거의 모든 발레단들은 〈호두까기 인형〉을 공연합니다. 그래서 〈호두까기 인형〉의 계절이 오면, 또 올 한 해가 끝나간다는 것을 실감하지요. 전 세계의 거의 모든 발레단이 공연하는 레파토리인 만큼, 여러 발레단들의 다양한 버전의 공연을 비교 감상해 보는 것도 색다른 재미입니다.

〈호두까기인형〉 중 '눈송이 왈츠' 장면을 보신 적이 있나요? 차이코프스키의 몽환적이면서 환상적인 클래식 음악이 흐르는 가운데, 북유럽의 눈 덮인 겨울 숲속 배경에 무대 천정에서는 실제 하얀 눈송이가 떨어집니다. 그리고 하얗고 반짝이는 튜튜°를 입은 발레리나들의 멋진 군무가 눈송이를 표현한 음악과 어울려 장관을 펼칩니다. 음악과 무대 연출, 눈송이 요정들의 환상적인 군무의 조화는 관객을 압도하는 감동을 선사합니다.

요즘은 유튜브에서도 쉽게 찾아볼 수 있으니, 한번 찾아보시기

° tutu. 허리에서부터 퍼지는 발레 치마. 대표적으로 로맨틱 튜튜와 클래식 튜튜로 나뉜다.

바랍니다. 우리나라 국립발레단, 유니버설 발레단의 무대 연출과 군무도 세계적 수준으로 정말 멋지답니다. 아직 극장에서 직접 보지 못하신 분이라면, 꼭 한번 현장에서 그 감동을 느껴보시기를 추천합니다.

이 '눈송이 왈츠' 장면을 보시고 나면, 발레가 '종합 예술'이라는 표현을 쓰는 이유를 바로 알게 됩니다. 음악, 미술(무대 세트, 조명, 의상, 분장 등), 문학 등이 종합된 공연 예술이기 때문입니다. 무엇보다 몸을 도구로 아름다움을 표현하는 예술의 한 장르입니다. 우리가 음악을 듣고, 그림을 보는 예술적 행위를 통해 정서적 충만함을 느끼듯이, 발레가 그러합니다. 그저 몸을 다잡는 재활 운동도 아니고, 경쟁하는 스포츠도 아닙니다. 감정을 표현하는, 감성이 충만한 예술 활동이지요.

발레는 클래식 음악과 늘 함께하기에, 발레 음악을 듣는 것만으로도 힐링이 된다는 분들이 많습니다. 발레학원에 들어오면 맑고 기분 좋아지는 피아노 음악이 먼저 들립니다. 피아노 반주로 진행되는 발레 클래스의 음악이 좋고, 그 음악에 맞춰 우아하게 몸을 움직이면 더욱더 기분이 좋아집니다. 요즘은 음악 스트리밍 서비스 앱에서도 발레클래스 음악을 쉽게 찾아 들을 수 있습니다. 이런 음악은 대부분 좋은 멜로디를 바탕으로, 발레 동작에 맞게 편안한 박자로 편곡되어 연주됩니다. 발레를 좋아하는 분 중에는 발레 음악이 좋아서 발레를 계속한다고 얘기하시는 분도 많습니다.

더불어 발레 수업 시간은 다른 운동과는 달리 나를 표현하는 시간입니다. 나를 더 아름답게 더 우아하게 더 멋지게, 나를 표현하기 위해 노력합니다. 노래를 부를 때, 그림을 그릴 때, 우리가 정서적 충만함을 느끼듯이, 발레는 온몸으로 그것을 표현하며 만족감을 느낄 수 있습니다. 정신과에서는 예술 치료법을 많이 사용하고 있죠? 춤 역시 '댄스 테라피'라고 몸으로 표현하면서 정신적 치유를 합니다. 발레는 정서적인 댄스테라피 효과와 더불어, 전신을 사용하는 운동적 효과까지 더해지기에, 예술과 운동의 효과를 동시에 느낄 수 있습니다.

춤을 이용한 예술 심리치료는 정신과에서 실제로 활용되고 있는 방법입니다. 안무를 전공한 저도 댄스 테라피와 같은 수업을 받거나 가르칠 기회가 많았지요. 그리고 전공자든 비전공자든 표현하는 움직임을 통해 진짜 자신을 만나는 경험을 쌓아가면서, 묵은 감정이 해소되고 갇혀 있던 본인의 틀에서 해방되는 경험을 하는 것을 많이 보아왔습니다. 발레와 클래식 음악, 여기에 댄스 테라피가 합쳐지면 몸의 건강과 더불어, 마음을 치유받게 됩니다.

사실 발레를 전공한 저도 몸이 점점 노화하면서 할 수 있는 발레 테크닉이 점점 줄어들고 있습니다. 그럼에도 여전히 발레를 하는 이유 중 하나는 좋은 음악과 함께 몰입의 기쁨을 느낄수 있기 때문입니다. 클래식 음악 선율을 따라 나에게 온전히 집중하는 순간, 그 몰입된 순간에 가득 채워지는 행복이 있습니다. 발레라고 해서 어렵게만 생각하지 않아도 됩니다. 내 몸이 잘 움직여지지 않더라도, 내 몸이 완벽하지 않더라도, 음악과 함께 움직이다 보면 기분이 좋아지기 때문입니다. 그냥 음악에 맞춰 우아하게 움직인다면, 그것이 발레입니다.

발레는 '체계적인 운동'이다

전 세계의 모든 프로 발레리나, 발레리노들이 같은 동작을 하루도 쉬지 않고 매일 반복하며 몸을 트레이닝합니다. 발레 클래스를 통해 필요한 근육을 정확히 발달시키고, 더 정확한 기본기를 완성

시켜 갑니다. 더 아름다운 몸을 만들고 더 아름다운 춤을 추기 위해서 매일매일 발레의 기본 동작들을 반복하며 몸을 관리하는 것이죠.

몸을 도구로 표현하는 예술인 발레를 완성하기 위해서는 아름다운 신체가 만들어져야 합니다. 그리고 아름다운 춤, 아름다운 바디라인은 섬세하고 정확한 근육 사용을 통해 완성됩니다. 그렇기 때문에 발레는 몸의 근육을 매우 섬세하게 사용합니다. 덕분에 몸을 아름답고 효율적으로 만드는 노하우가 400년의 역사를 거치며 체계적으로 정립되었습니다. 그 노하우는 지금까지도 전 세계가 공통적으로 사용하고 있는 발레 클래스의 기본 동작들이 되었습니다.

발레는 가장 아름다운 바디 라인을 만들기 위한 섬세한 '근력 운동'이면서, 동시에 체력 향상과 다이어트에 효과적인 '유산소 운동'입니다. 동시에 모든 관절의 가동 범위를 넓히고, 주요 림프샘을 비롯한 전신의 순환을 도와주는 '유연성 운동'이자 전신 '순환 운동'입니다. 즉 우리가 건강을 목적으로 운동을 할 때 운동이 채워주어야 하는 효과를 발레 하나만으로도 다 채울 수 있다는 것이 발레의 훌륭한 장점입니다.

무엇보다 발레는 알면 알수록 매우 체계적이고 과학적인 움직임입니다. 30년 이상 발레를 수련해 온 저도, 세계 최고라 불리는 프로 발레리나들도 발레 움직임에 대한 배움은 끝이 없다고 느낍니다. 오랜 역사를 가진 클래식 움직임이기에 배울수록 깊이 있는 정교함과 체계가 발레에 담겨 있음을 체감합니다. 플리에, 탄듀, 제떼, 론드잠 아떼르, 퐁듸 & 론드잠 앙레르, 후라페, 데벨로페, 그랑바뜨망, 림바링. 이처럼 전 세계 발레 클래스에서 공통적으로 진행하는 트레이닝 순서를 보면, 아름답고 효율적으로 움직일 수 있는 몸을 만드는 노하우와 고난도의 발레 테크닉을 완성시킬 수 있는 노하우가 체계적이고 과학적으로 잘 정립이 되어 있음을 알 수 있습니다.

발레의 운동적 효과는 뒤에서 더 자세히 설명하도록 하겠습니다.

그래서 발레는 운동일까, 예술일까?

다시 돌아와 그럼 발레는 운동인지 예술인지 묻는 당신에게, 저는 자신 있게 말씀드리고 싶습니다. **"당신의 시작은 '운동'이었으나, 당신의 마지막은 '예술'일 겁니다."**라고요. 건강을 위해 운동을 위해 시작한 발레도 꾸준히 하다 보면, 어느 날 예술의 경지에 도달해 있을 겁니다. 그래서 발레는 특별합니다.

행복감을 동반한 감성 충만한 운동, 그래서 다른 운동처럼 쉽게 지루해지거나 싫증 나지 않는 발레는 그 매력을 한번 알게 되면, 대부분 5년이든 10년이든 그 이상 꾸준히 하게 됩니다. 배움의 깊이가 깊어질수록 체계적이고 과학적인 움직임이라는 사실을 알게 되어 더 탐구하고 싶은 욕심도 나게 되지요… 나아가 클래식 발레부터 모던 발레에 이르기까지, 다양한 발레 작품을 보고 배우는 재미까지 있습니다. 즉 발레는 보고, 즐기고, 공부하고, 움직이는 재미가 있습니다. 다양한 방식으로 삶을 풍요롭게 해주는 건강한 취미를 더 자세히 알아볼까요?

발레할 용기

발레는 귀족들의 고급 예술?

우리나라 중년 정치가의 부인의 취미가 발레라는 말을 들었습니다. 그 말을 들으니 왠지 좀 '있어 보이는' 느낌이 들었답니다. 만약 누군가가 취미란에 '발레'라고 쓴 걸 본다면 고급스럽고 품격 있는 취미를 가졌구나 하는 생각이 들지 않나요? 때론 취미로 즐기기에는 너무 비쌀 것 같다는 생각을 갖고 계신 분들도 많고요. 왜 발레는 고급스러워 보일까요?

30대 이상이라면 아마도 영화 〈빌리 엘리어트〉라는 영화를 보신 분이 많으실 겁니다. 광부의 아들이 발레리노가 되어 영국 로얄발레단에 입단하는 실화를 바탕으로 한 이 영화는 당시 저에게도 큰 감동을 주었습니다. 이 영화를 보면 주인공 빌리 엘리어트가 영국 로얄발레단의 오디션을 보러 가는 장면 등에서, 영국 로얄발레단의 고급스럽고 품격이 있는 분위기를 엿볼 수 있습니다. 2016년 개봉한 프랑스 애니메이션 〈발레리나〉에서도 궁정의 품위를 이어가는 발레 분위기를 볼 수 있습니다. 프랑스 파리 오페라 발레단의 화려함과 오디션 과정 등을 간접적으로 느낄 수 있어서 발레를 좋아한다면 재밌게 볼 수 있는 애니메이션입니다.

미디어가 아니라, 발레가 가진 궁정의 화려한 분위기를 직접 보고 싶다면, 프랑스 파리의 '오페라 가르니에' 극장을 추천합니다. 발레의 고급스러움과 품격의 역사를 발레전용 극장이었던 '오페라 가르니에'의 인테리어를 통해 느껴 볼 수 있습니다.

'앙바, 아나방, 에샵베, 파세, 시손느, 솟데, 빠드샤…' 등등. 발레 용어는 모두 프랑스어로 되어 있습니다. 유럽, 러시아, 미국은 물론 아시아, 아프리카 등 전 세계 어느 곳이듯 발레 용어는 프랑스어로 통일되어 있습니다. 이탈리아에서 시작되었는데 왜 지금은 프랑스어를 사용하는 걸까요? 심지어 발레로 유명한 러시아에서도 왜 프랑스어로 된 발레 용어를 사용할까요?

그것은 발레가 품격 있어 보이는 이유와 맥을 같이 하는 역사적

배경 때문입니다. 발레가 격이 있고 귀족적인 이유, 그리고 발레 용어가 모두 프랑스어인 이유에 대한 답을 말해주는 발레의 역사를 알려드릴게요.

프랑스 왕정 시대의 절정인 '태양 왕' 루이 14세는 발레를 매우 사랑한 왕으로 유명합니다. 그는 귀족들과 함께 직접 무대에 서서 공연하는 것을 즐겼습니다. 당시에는 귀족들만 춤을 출 수 있었기에, 무대 위의 공연자는 전문 무용수가 아니라, 왕인 루이 14세와 귀족들이었습니다. 곧 발레를 춘다는 것은 왕족과 귀족들만의 특권이었습니다.

사치를 즐기는 베르사유 궁정에서는 매일 화려한 파티가 열렸습니다. 호화로운 궁전에서 화려한 의상, 품위 있는 안무, 웅장한 세트로 관객을 사로잡는 귀족들의 발레 공연이 매일 밤 펼쳐졌습니다. 발레는 궁정 오락의 필수적인 부분이 되었고, 귀족들은 궁정에서 열리는 파티에 참가하기 위해 발레를 배웠다고 합니다. 궁정 문화의 예절과 품위를 배우기 위해서라도 귀족들은 발레를 필수로 배웠어야 했습니다.

이렇게 귀족들의 문화로 자리를 잡은 발레이기에, 그리고 프랑스 궁정의 화려함의 중심에 발레가 있었기에, 발레를 '고급스럽다' '품위 있다' '귀족적이다'라고 표현하는 것은 역사적 근거가 있는 말입니다.

루이 14세의 발레에 대한 사랑과 후원은 자신의 공연에만 국한하지 않았습니다. 그는 발레단과 작곡가들에게 프랑스 궁정의 우아함과 화려함을 보여주는 작품을 의뢰하며 후원을 아끼지 않았다고 합니다. 그 덕분에 발레의 예술성을 새로운 차원으로 끌어올릴 수 있었습니다.

나아가 루이 14세는 발레를 체계적으로 교육할 수 있는 발레학교를 설립하기에 이릅니다. 이것이 바로 발레 전문 무용수를 위한 세계 최초의 발레학교인 왕실발레학교Académie Royale de Danse입니다. 이 학교가 바로 우리가 알고 있는 지금의 '파리 오페라 발레학교'입니다. 그래서 파리 오페라 발레는 '발레의 종가'라는 별명을 갖고 있지요. 이곳에서 지금 우리가 사용하고 있는 발레의 5가지 발 포지션을 비롯한 대부분의 발레 동작과 체계들이 정립되었습니다. 프랑스 왕실 발레학교에서 정립된 발레가 전 세계로 전파되었기에, 오늘날에도 전 세계는 프랑스어로 만들어진 발레 동작을 배우고 있습니다.

'발레의 종가'라는 역사가 있기에 파리 오페라 발레단은 세계 최고의 발레단이면서, 그 자부심이 대단합니다. 그런데 그 콧대 높은 세계 최고의 발레단의 수석 무용수가 우리나라 박세은 발레리나라는 사실을 알고 계신가요? 동양인 발레리나가 입단하기도 어려운 곳에서 동양인 발레리나로서는 최초로 수석 무용수 '에뚜왈'이 되었습니다.

어릴 때 해외유학을 가서 해외 발레단에 입단한 것이 아니라, 한국에서 발레교육을 받고 해외 발레단에 입단하여 최고의 자리에 오른 것이기에 그 의미가 더욱 남다릅니다. 세계적으로 인정받고 있는 한국 발레의 위상을 한 단계 더 높여 준 발레리나이며, 한국 발레리나 지망생들에게 한계는 없다는 것을 보여준 현존하는 선배가 되어주었습니다. 박세은 발레리나는 동양인 발레리나라는 한계를 넘어, 발레의 종가에서 가장 높은 위치까지 올라간 살아 있는 레전드입니다.

발레에 대한 오해와 진실

발레는 유연한 사람만 할 수 있다?

"저 엄청 뻣뻣한데요…. 발레할 수 있나요?" 성인 발레를 처음 시작하시는 분들이라면 열이면 열 모두 이렇게 묻습니다. 그러면 저는 "성인들은 시작할 때는 대부분 다 뻣뻣합니다. 괜찮습니다."라고 답해드립니다. 그러나 여기서 안심하는 분은 없습니다. "아니… 근데 저는 진짜 진짜 심하게 뻣뻣해요."라는 말이 꼭 이어집니다.

누구나 처음 시작할 때는 다 뻣뻣합니다. 본인은 유연성이 심각하게 없는 사람이라 남들과 다르다며 걱정하지만 모두가 다 그렇게 걱정하면서 시작합니다. 뻣뻣한 것이 나만 그런 것이 아니라는 얘기입니다. 그러니 유연한 사람만 발레를 할 수 있다는 것은 당연히 선입견입니다.

물론 발레의 고급 테크닉은 유연해야 할 수 있는 동작이 많습니다. 그래서 발레는 단계적으로, 체계적으로 수업이 이루어집니다. 단계별 수업을 반복하며 따라가다 보면 누구나 할 수 있는 몸으로 바뀝니다. 포기하는 사람과 포기하지 않는 사람의 차이만 있을 뿐입니다. 포기하지만 않으면 언제가 반드시 이루어진다고 확실하게 말씀드릴 수 있습니다.

만약 내가 유연하지 않다면, 그건 아직 유연해질 때까지 시간을 써보지 않았다는 사실일 뿐입니다. 스트레칭의 시간을 참아내며 시간을 투자한 사람과, 잠깐 해보고 포기하는 사람이 있을 뿐입니다. 잠시 잠깐의 시간을 투자해서 몸이 부드러워지고 유연해질 수 있을 것이라는 기대는 버려야 합니다. 잠깐의 시간으로 유연해지는 것은 불가능합니다. 짧은 시간에 유연하게 만들겠다는 것은 근육을 파열시키겠다는 위험한 행동입니다. 유연성은 천천히 충분한 시간을 들여서 만드는 것입니다.

몸은 너무 정직해서, 내가 인내하고 투자한 시간만큼 변화합니다. 불변의 진리는 노력한 만큼 몸은 반드시 변한다는 것입니다. 무서울 정도로 정직하게 변하죠.

물론 사람마다 근육의 질이 다르기 때문에 몸이 좀 더 부드러운 사람과 딱딱한 사람이 있습니다. 하지만 딱딱한 사람도 매일매일 스트레칭하다 보면 유연해진다는 이야기는 거짓이 아닙니다. 뻣뻣한 근육도 매일 정성스럽게 스트레칭하다 보면 몰랑몰랑 부드러워지고, 그러다가 어느 날 일자로 찢어진 다리가 완성되는 것이지요. 어릴수록 근육이 탄력이 있기 때문에 더 빠르게 만들어지지만, 제 경험으로는 50대, 60대도 모두 다 유연해졌습니다. 누구나 가능합니다. 될 때까지 하면 반드시 됩니다.

발레의 고급 테크닉 수업으로 올라가고자 한다면 유연성을 만들어야 하는 시점이 옵니다. 고급 테크닉은 유연해야 가능한 동작들이 많은 것이 사실입니다. 하지만 체형을 예쁘게 만들고 싶은 단계의 발레 수업에서는 엄청난 유연성을 필요로 하지는 않

습니다. 적당한 스트레칭 수준으로도 발레 수업이 가능하며, 발
레로 바른 자세를 잡고 예쁜 체형을 만들어 내는 것이 충분히
가능합니다. 그러니 뻣뻣하다고 해서 발레를 포기할 필요는 절
대 없습니다. 뻣뻣한 몸일수록 발레 수업을 통해 얻어 갈 수 있
는 것이 훨씬 많습니다. 유연해서 발레를 하는 것이 아니라, 유
연해지려고 발레를 배우는 것이랍니다.

발레는 날씬한 사람만 할 수 있다?

"저는 몸이… 뚱뚱해서… 발레는 못해요….""살 빼고 나서 발
레하러 갈게요." 살 때문에 발레를 할 수 없다고 생각한 분들
이 많습니다. 실제로 몸이 드러나는 발레복을 입는 것부터 자신
이 없을 수 있지요. 하지만 수영장에서 날씬한 사람만 수영복을
입나요? 수영장에서 수영복을 입듯, 발레 클래스에서 발레복을
입는 것은 당연한 것입니다.

그래도 요즘은 필라테스가 대중화되고, 고급 요가복들이 나오
면서, 몸을 드러내는 운동복을 입는 것에 거부감이 많이 없어진
것 같습니다. 일상 속에서도 꼭 마르지 않더라도 몸이 드러나는
옷을 자신 있게 입는 것에 익숙해진 분위기입니다. 박나래 씨도
"비키니는 기세다."라며 자신감 있게 비키니를 입었습니다. 통

통하다고 부끄러워할 필요가 없습니다. 당당하게 입으면 모두가 아름답습니다.

처음 발레를 시작했을 때는 라인이 정리되지 않아서 몸이 울퉁불퉁해 보일 수 있습니다. 하지만 그것을 부끄러워하지 않고 자신있게 드러내며 수업에 참여하다 보면, 몸을 바르게 쓰게 되면서 몸의 라인이 더 빠르게 잡힙니다. 설사 식단을 하지 않아서 체중이 빠지지 않았다고 해도, 몇 달 후면 같은 옷을 입어도 라인이 달라집니다. 통통함 속에서도 여성스럽고 길게 뻗은 듯한 라인이 보입니다. 그러니 걱정하지 말고 일단 시작해 보세요.

처음에는 어떻게든 몸을 가리고 싶어 헐렁한 티셔츠를 찾게 되지만, 점점 딱 붙는 티셔츠로, 여성스러운 레오타드로, 발레복을 점점 바꾸고 싶어질 것입니다. 발레는 날씬해서 하는 것이 아니라, 아름다운 몸을 만들기 위해 하는 것이니까요.

어릴 때 시작하지 않으면 이미 늦었다?

"발레는 유치원생 때 배우는 거 아닌가요?" "발레는 젊은 예쁜 애들이 하는 거지 다 늙어서 무슨 발레예요?" "하던 사람이나 하는 거지 이제 발레하기는 늦지 않았나요?" 이런 생각들 때문에 발레를 시작하기를 망설이고 있지는 않았나요? 초등, 중등, 고등학생의 학부모님들은 유치원 때나 배우는 거라고 생각하거나, 어릴 때부터 하지 않았다면 뒤늦게 배우기는 늦었다고 생각하기도 합니다. 40대 이상이 되면, 발레란 20~30대 젊은 사람들이 하는 특별한 취미로 여겨지기도 합니다. 나는 이미 늦었다고 막연하게 생각하고 도전하기를 주저하게 되지요. 그래서 한 번도 발레를 해보지 않은 중학생도, 40대 이상인 분들도 처음 발레학원의 문을 열고 들어오기를 어렵게 느낍니다.

그런데 정말 그럴까요? 정말 발레는 어릴 때 시작했던 사람들의 전유물일까요? 프리미어리그에서 뛰는 축구선수가 되려면 당연히 어린 나이에 시작해 체계적인 과정을 거쳐야 하겠지요. 하지만 아마추어 축구단에 입단해, 나의 운동, 나의 취미, 나의 특기로 축구를 하고자 한다면, 반드시 어릴 때부터 배워야 하는 것은 아닙니다.

발레도 그렇습니다. 물론 발레리나를 꿈꾼다면 어린 나이에 발레를 시작해서 체계적인 교육을 받아야 합니다. 하지만 지금 우리가 프로 발레리나가 되려고 하는 것은 아니잖아요? 언제든 시작하면 됩니다. 한번 해볼까 생각이 들었다면 그때 바로 시작해 보면 됩니다. 청소년은 물론, 20, 30대는 당연하고, 40, 50, 60대여도 가능합니다. 본인 몸 상태와 수준에 맞는 발레 수업에 참여한다면 70, 80세가 되어도 발레를 할 수 있습니다.

성인 취미 발레가 활성화되면서 발레를 처음 해보는 성인들을 위한 수업을 어렵지 않게 만날 수 있습니다. 연령에 맞춰 무리하지 말고, 천천히 내 몸 컨디션에 맞춰 차근차근 배워가면 됩니다. 다른 여타의 운동처럼 말이죠. 처음부터 멋지게 잘할 수는 없습니다. 뻣뻣한 내 몸이 한탄스럽기도 하겠지요. 마음처럼 움직여지지 않을 거예요. 당신만 그런 게 아니랍니다. 모두가 그렇게 시작한답니다. 그래도 선생님 지시에 따라 움직이다 보면, 생각지 않게 우아한 자신을 발견하며 기쁨을 느끼기도 합니다.

내가 몇 살이든 유연성을 늘리고 근력을 키워가다 보면, 몸이 달라지고, 동작이 달라집니다. 그렇게 점점 발레리나로 변해가는 나를 거울 속에서 만날 수 있게 됩니다.

기본 발레 포지션

발레 첫날, 바로 알아야 하는 발레의 기본 자세를 배워봅시다.

5가지 발 포지션

발레에는 5가지 기본 발 포지션이 있다. 1번 포지션은 뒤꿈치를 붙인 상태에서 최대한 발을 턴아웃 시킨다. 2번 포지션은 1번 포지션에서 어깨너비로 벌린 상태이다. 3번 포지션은 1번 포지션에서 발을 반 겹치게 모은 상태이다. 4번 포지션은 5번 포지션에서 한 걸음 정도 앞으로 벌린 상태이다. 5번 포지션은 3번 포지션에서 발을 완전히 겹쳐 모은 상태이다.

5가지 팔 포지션

기본 팔 포지션도 5개가 있다. 앙 바(En Bas)는 배꼽 아래로 동그란 타원형을 만든다. 아 나방(앙 아방, En Avant)은 가슴 앞에 동그란 원을 만든다. 알레세콩(알 라 스공드, A la Second)은 어깨 옆으로 길게 뻗는다. 알롱제(Allonge)는 알레세콩처럼 팔을 옆으로 뻗되 손바닥이 바닥을 향하게 한다. 앙 오(En Haut)는 머리 위로 동그란 타원형을 만든다.

발레 누가 하면 좋을까?

엉덩이를 잊은 사람들

'엉덩이 기억 상실증'이란 말을 들어본 적이 있나요? 엉덩이가 기억을 상실했다는 말이 재밌게 들리지만, 이것은 웃을 수만은 없는 말입니다. 많은 현대인들이 앓고 있는 증후군이거든요.

엉덩이 기억 상실증은 말 그대로 엉덩이 근육둔근이 제 역할을 잊어버린 현상을 말합니다. 스쿼트를 하거나 걸어 다닐 때 엉덩이 근육에 힘이 들어오는 자극을 전혀 느낄 수 없고, 허벅지 근육이나 허리로만 운동하고 있지는 않나요? 엉덩이 기억상실 증후군을 앓고 있으면서도, 전문가가 아니면 본인의 몸 상태를 정확히 인지하지 못하고 있는 경우가 많습니다.

엉덩이 근육을 제대로 사용하지 못하게 되면, 허리나 허벅지, 무릎, 발목 등 다른 곳의 근육을 사용하여 원하는 동작을 만들어 냅니다. 구조적으로 올바르지 못한 움직임이 누적되다 보면, 약한 근육에는 무리가 가고 우리 몸의 정렬도 결국 무너지면서 시간이 지날수록 상태가 더욱 악화됩니다.

현대인들은 허리 통증을 호소하시는 분들이 많은데요, 이 또한 대부분이 엉덩이 근육, 즉 둔근의 약화로 인해 발생한다고 합니다. 엉덩이 근육을 사용하지 않은 채로 너무 오래 앉아 있다 보니 급기야 엉덩이 근육이 일하는 법을 잊어버린 것이죠. 그래서 오래 서 있는 것보다, 오래 앉아 있는 것이 허리에는 더욱 안 좋다고 합니다.

실제로 요즘 레슨을 해보면 엉덩이에 힘을 주지 못하는 분들이 많이 계십니다. 발레 뿐만이 아니라, 1:1 P.T.퍼스널 트레이닝의 중요성이 대두되는 이유 중에는 둔근이나 코어 근육 등 핵심 근육이 이미 쇠퇴하여 혼자서는 올바르게 운동하지 못하는 경우가 많기 때문입니다.

발레는 엉덩이 근육둔근을 강화시키는 좋은 운동입니다. 전문가들은 둔근을 강화하기 위해 뒷꿈치를 드는 까치발 운동을 추천합니다. 즉 발레에서 항상 사용하는 업up동작이지요. 그리고 둔근을 강화하기 위해 뒤로 다리를 드는 동작을 추천하는데, 이 역시 발레에서 많이 사용하는 동작입니다.

무엇보다 발레는 항상 엉덩이를 조인 상태로 움직입니다. 그래야 발레의 기본자세인 풀업pull-up 자세를 유지할 수 있기 때문입니다. 따라서 발레는 자연스럽게 엉덩이 근육을 발달시키게 됩니다. 나아가 한 다리로 서서 균형을 잡는 움직임은 엉덩이 근육과 코어 근육을 매우 필요로 합니다. 발레는 한 다리로 서는 동작들이 대부분이지요. 그렇기에 발레를 하면 자연스럽게 엉덩이 근육을 많이 사용하게 됩니다.

이렇게 둔근 관리만 잘 해두어도 현대인들이 대부분 갖고 있는 척추 질환을 예방하거나 치료할 수 있습니다.

이번에는 거북목, 척추 측만, 라운드 숄더, 디스크를 떠올려봅시다. 혹시 당신의 이야기는 아닌가요? 대부분의 현대인들은 정도의 차이가 있을 뿐 조금씩은 척추와 관련된 문제를 갖고 있습니다. 자신은 아니라고 생각하시는 분들조차도 자세히 살펴보면 아직 통증이 본격화되지 않아서 알아채지 못했을 뿐 문제를 갖고 있는 경우가 많습니다. 특별히 관리하고 있는 분이 아니라면, 현대 생활 패턴 속에서 완벽히 정상인 척추를 가지고 있는 분은 매우 드뭅니다. 이런 분들에게도 발레가 좋습니다.

지금 우리들의 생활은 옛날과 다릅니다. 생활 속에서 근육이 자연스럽게 발달되는 환경이 아니기 때문입니다. 그렇기 때문에 현대인들은 시간을 내어 일부러 근육을 관리해야 하는 상황이 되었습니다.

어느 날 발레를 가르치는 저도 거북목으로 인한 통증을 느끼게 되었습니다. 저는 주로 전공생을 가르치고 있었기에, 제 몸을 직접 움직이기보다는 앉아서 학생들을 관찰하고 코칭해주었습니다. 그렇게 별다른 움직임 없이 수업하며 아이들을 가르치고 있었습니다. 어릴 때부터 계속 발레를 해왔기에, 제가 운동이 부족하다거나 특히나 자세가 좋지 않다는 생각은 미처 하지 못했지요.

그런데 저의 거북목 증상을 알고 난 후 제 생활을 되돌아보니, 일어서서 움직이는 시간보다는 앉아서 컴퓨터를 하는 시간이 더 길었습니다. 발레 수업으로 발레를 하고 있다고 착각하고 있었던 저는 그렇게 오랜 시간을 앉아서 보냈습니다. 일상생활에서도 늘 바쁘고 피곤하다는 핑계로 가까운 거리도 무조건 차를 운전해서 다녔고, 엘리베이터, 로봇 청소기, 세탁 건조기 등 몸의 움직임은 어떻게든 최소화하기 위해 문명의 발전을 한껏 이용하는 것을 좋아했습니다. 돈을 아끼는 듯이 체력을 저축한다는 착각으로 몸의 움직임을 최대한 아끼고 있었던 것이지요. 그런데 몸을 아낀 결과가 결국은 근감소증과 거북목이었습니다. 이 일을 겪고 일부러 시간을 내어 의식적으로 운동을 해야만 한다는 것을 깨닫게 되었습니다.

일부러 근력을 만들지 않으면 직립에 꼭 필요한 근육마저도 쇠퇴해 버립니다. 우리 몸은 바르게 서는 법을 잊어버리고, 일단 서기 위해서 그리고 움직이기 위해서 엉뚱한 근육을 사용하게 됩니다. 그러면서 몸의 정렬이 서서히 틀어지게 되는 것입니다. 바르지 않은 정렬로 계속 움직이다 보면 시간이 지날수록 상태는 더욱 악화되고 결국 통증으로 이어집니다.

만약 골반이 틀어지면 위로는 척추 모양이 바뀌고, 아래로는 다리 모양이 바뀝니다. O자 다리, X자 다리도 골반에서부터 시작된 문제입니다. 나아가 발 아치가 무너지는 평발 현상 등 발의 모양에까지 영향을 주어, 바른 보행을 어렵게 만듭니다. 이 역시 시간이 흐를수록 상태가 더 악화되므로, 바른 정렬을 만들어서 교정해야 하는데, 여기에 발레를 시도해 볼 수 있습니다. 발레는 몸의 바른 정렬을 가장 잘 만드는 운동이기 때문입니다. 물론 수술이나 약물적 치료가 필요한 경우도 있겠습니다만, 발레는 근본적으로 자세의 문제를 해결하여, 결국 통증 없이 자유롭게 움직일 수 있도록 도와줍니다.

우리 몸의 근육 중에서 가장 중요한 근육 딱 하나를 고르라고 한다면 전문가들은 둔근(엉덩이 근육)을 꼽습니다. 둔근은 우리 몸의 모든 움직임을 관장하는 시작점과 같은 곳이기 때문입니다. 큰 힘을 발휘할 수 있는 근육이면서, 위로는 척추의 움직임에 영향을 주며, 아래로는 다리의 움직임에 영향을 줍니다. 즉 상체와 하체 모두에 영향을 주는 우리 몸의 핵심 근육입니다.

엉덩이 근육이 해야 할 일을 제대로 하지 않으면, 허리 쪽에 있는 작은 근육을 과도하게 사용하게 됩니다. 그러면서 허리 통증이 생기는 것입니다. 또는 운동을 많이 하시는 분들 중에는 엉덩이가 할 일을 허벅지가 대신하여, 엉덩이 근육은 발달하지 않고 허벅지 근육만 과도하게 발달하면서 불균형하게 몸이 만들어지는 경우도 많습니다.

둔근은 골반을 안정화 시키는 가장 큰 근육입니다. 우리 몸에서 골반은 위로는 척추와 연결되어 있고, 아래로는 다리와 연결되어 있습니다. 즉 골반은 우린 몸의 중심이며, 모든 자세의 시작입니다.

골반이 비뚤어지면 중심을 잡기 위해서 척추에서 보상 작용이 일어납니다. 골반이 비뚤어지면 그 반대 방향으로 척추가 휘어집니다. 한 번만 휘어진 경우는 그래도 상황이 좋은 편입니다. 척추가 2번, 3번 휘어지면서 중심을 맞추고 있는 경우도 있습니다. 이런 나쁜 자세로 인해 척추 측만증, 디스크(추간판 탈출증) 등의 질환으로 발전하게 됩니다. 이미 질환이 오고 나면 운동하는 것조차 쉽지 않아 집니다. 그렇기 때문에 자세가 좋지 않다면 더 나빠지기 전에 최대한 빨리 교정을 위한 노력을 시작하는 것을 추천합니다. 이미 척추, 골반이 비뚤어지기 시작했다면 일부러 교정하지 않는 한 무조건 더 악화됩니다.

스트레스가 가득한 사람들

현대인에게 치명적인 '스트레스' 관리에도 발레를 이용할 수 있습니다. 흔히 스트레스는 만병의 근원이라고 말하지요. 저는 이 말을 제 몸으로 몸소 느끼고 있습니다. 아파서 병원에 가보면 아픈 곳은 다 다른데도 불구하고 원인은 결국 스트레스인 경우가 대부분입니다. 처방은 늘 스트레스를 받지 말라는데 그게 마음처럼 쉽지가 않지요. 실제로 스트레스는 우리 몸의 면역력을 떨어트려 바이러스 감염에 취약한 상태를 만들기 때문에 스트레스가 많은 사람은 여러 질병에 쉽게 노출됩니다. 혈압과 인슐린 저항성을 올리기도 하고, 암의 발생 위험을 높이기도 해서 스트레스는 생명을 위협하기도 하지요.

스트레스 상황이 지속될 때 농담처럼 '이러다 일찍 죽을 거 같아…'라고 말하곤 했는데, 40대가 넘어가니 농담이 아닌 실제 상황이 되어버린 경우를 주변인들을 통해 종종 보게 됩니다. 무엇보다 스트레스는 정신 건강에 영향을 주어, 삶의 기둥을 흔들어 버리기 때문에 무섭습니다. 스트레스는 크게 3단계를 거치며 심해진다고 합니다. 초기에는 초조, 걱정, 근심 등의 '불안' 증상이 가장 먼저 나타나고 이때 불안 증상을 해소하지 못하면, '우울' 증상으로 발전하게 됩니다. 우울 증상 이후에도 스트레스 요인이 지속되는 경우, 또는 스트레스 상황을 이겨낼 힘이 약화 되어 있는 경우에는 '여러 형태의 정신질환'으로 발전하게 된다고 합니다. 질병으로 발전되는 것이 아니더라도, 과도한 스트레스는 뇌의 기억을 관장하는 '해마'를 파괴시켜, 기억력과 인지 기능이 떨어진다고 하니 주의하는 것이 좋겠습니다.

다만, 알고 있어도 스트레스를 피하는 것은 결코 쉬운 일이 아닙니다. 현실은 스트레스 요인을 컨트롤할 수 없는 외부적인 요인일 경우가 더 많으니까요. 그래서 스트레스를 받지 않는 것보다 중요한 것은 스트레스를 잘 소화하고 해소하는 것이라고 합니다. 요즘 현대인은 스스로 자신의 스트레스를 해소할 수 있느냐 없느냐에 따라 삶에 대한 행복감이 크게 차이가 납니다.

그렇다면 스트레스 해소는 어떻게 하는 걸까요? 전문가들은 우울감을 해소하는 가장 좋은 방법으로 하나같이 '운동'을 추천합니다. 적당히 땀이 나는 유산소 운동은 기분을 좋게 하는 호르몬을 분비하고, 기분을 나쁘게 하는 호르몬을 억제해 주기 때문이지요. 유산소 운동을 하면 기분을 좋게 해 주는 호르몬인 도파민, 세로토닌이 우리 몸에서 저절로 생성된다고 합니다. 운동이 곧 치료제인 것이죠. 그리고 스트레스 호르몬이라고 부르는 코르티솔이 과도하게 분비되는 것을 억제시킵니다. 즉 기분 탓이 아니라 과학적으로도 운동을 통해 우울한 기분에서 벗어날수 있다는 것입니다. 그러니 당신은 실천만 하면 됩니다. 우울할 땐 일단 몸을 움직여야 합니다.

그런데 운동 중에서도 특히 댄스가 우울증을 없애는데 더욱 효과적이라고 뇌과학자들은 말합니다. 춤은 안무 순서를 외우기 위해 뇌를 열심히 사용하면서 몸을 움직이기 때문인데요. 순서, 박자, 몸 방향, 오른발인지 왼발인지 등등 안무 순서를 외우는 일은 정말 많은 것들을 동시에 기억하고, 머리의 생각처럼 또 몸을 동시에 움직여야 하는 과정이지요. 그렇게 다양하게 뇌를 사용해서 몸을 움직이다 보면 머리 아픈 생각, 고민들을 싹 잊어버리게 됩니다.

더군다나 춤을 추는 동안 발생하는 신체적 활동은 엔도르핀과 같은 행복 호르몬의 분비를 촉진하여 우리의 정서적 상태를 개선합니다. 스트레스와 우울감을 줄이는 데 도움을 주기 때문이지요. 게다가 춤은 뇌와 몸을 연결하는 과정에서 매우 높은 '집중'을 만들어 주고, 이 고도의 집중은 '몰입'의 상태로 들어가게 만들어 줍니다. 그렇게 춤을 추다 보면 스트레스가 해소되고, 동시에 뇌도 활성화된다고 합니다.

발레는 한번 시작하면 꾸준하게 오랫동안 하게 되는 경향이 있습니다. 지루하지 않기 때문이지요. 아무리 몸에 좋은 운동이라고 해도 내가 꾸준히 할 수 없다면, 내 몸에는 아무런 도움을 주지 못합니다. 발레는 요가, 필라테스처럼 너무 정적이지 않아서 지루하지 않습니다. 그렇다고 줌바 댄스, 에어로빅, 스피닝처럼 너무 요란하지도 않습니다. 차분히 몸에 집중하는 근력 운동이면서, 동시에 날아다니고 뛰어다니는 유산소 운동입니다. 근력 운동과 유산소 운동의 조화, 체계적 움직임과 감성적 움직임의 조화, 그 적절함이 결국 싫증 나지 않고 오래오래 할 수 있는 꾸준함을 만들어 줍니다.

스트레스에 항상 노출되어 있는 현대인들은 장기적으로 꾸준히 즐겁게 할 수 있는 '나의 운동'을 갖는 것이 아주 중요합니다. 특히 나이가 들면 운동은 선택이 아닌 필수가 됩니다. 기왕이면 스트레스를 해소해 주는 유산소 운동과 몸을 아름답게 만드는 근력 운동의 결합이라면 더할 나위 없지 않을까요?

마지막으로 발레가 현대인에게 좋은 운동인 이유이자 다른 운동과 차별화되는 결정적인 이유가 있습니다. 바로 발레는 클래식 '음악'과 항상 함께한다는 것입니다. 피아노 반주에 맞춰 우아하게 몸을 움직이는 발레는 음악을 듣는 그 자체만으로도 몸과 마음의 힐링이 됩니다. 발레를 하는 1~2시간 동안 좋은 음악을 듣게 되고, 나아가 그 음악에 맞춰 몸을 움직이기에 행복감을 느낄 수 있지요.

클래식 음악이 정신 건강에 긍정적 영향을 미친다는 연구 결과들은 이미 많이 나와 있습니다. 클래식 음악을 들으면 심박수가 느려지고, 혈압이 낮아지며, 위에서 언급한 코르티솔과 같은 스트레스 호르몬 수치를 낮춰줍니다. 실제로 슬프거나 우울할 때 클래식 음악을 들으면, 마사지를 받은 것과 같은 생리학적 치유력이 있음이 입증되었다고 합니다.

더불어 클래식 음악은 기억력이 향상되고, 인지력과 주의력을 향상시켜 준다고 합니다. 클래식 음악에 노출되면 기억력과 주의력을 담당하는 뇌 영역의 활동이 활발해진다는 것이 연구를 통해 입증되었지요. 특히 심장박동수와 비슷한 빠르기의 클래식 음악은 알파파와 세타파를 발생하는데, 이것은 집중력을 높여주는 호르몬인 도파민과 세로토닌의 분비를 촉진 시킵니다. 일본의 치매 전문가는 클래식 음악이 치매를 예방하는 데 효과가 있었다고도 말합니다. 즉 클래식 음악에 노출되는 것만으로도 인지능력, 기억력 등 뇌를 활성화시켜 정신 건강을 지키는 데 도움을 줍니다.

성별을 가리지 않고 좋은 운동

지금 성생활에 만족하고 계신가요? 갑자기 발레 선생님이 웬 성생활 이야기를 하나 싶어 당황스러우시죠? 이제까지 이런 발레 선생님은 없었다. 이것은 발레 선생님인가, 성교육 선생님인가? 이제까지 대놓고 말할 수는 없었지만, 이제는 말할 수 있다!

완연한 아줌마가 되니 대놓고 말할 수 있게 된 이야기가 있습니다. 우아한 발레 선생님이 발레와 성생활을 연결 지어 설명하기란 참으로 민망하지만 그래도 용기내보았습니다. 근육과 순환을 중심으로 발레가 성생활에 도움이 되는 이유를 담백하게 이야기해보겠습니다.

우선, 주변에서 의외로 만족스럽지 못한 부부 관계, 혹은 나이가 들면서 헐렁해진 질압 때문에 고민하시는 분들이 많이 계십니다. 출산 후에 특히 이런 고민들이 증가하는 경향을 보이지만, 요즘은 운동 부족과 근력 약화로 젊은 나이에도 느슨한 질압이 고민이신 분들이 많습니다.

'엉덩이 기억상실증후군'이 있는 분이라면 둔근이 약화되어 있기에, 그 주변 근육인 골반저근육 역시 약화되어 있을 가능성이 큽니다. 골반저근육은 골반 아랫쪽에 있는 근육을 말합니다. 요도, 질, 항문 수축 운동을 담당하고 있기 때문에 이 근육이 탄력을 잃으면 당연히 느슨해집니다. 다행히, 골반저근육 역시 근육이기 때문에 운동을 하면 탄력이 생깁니다. 옛날 명기라 불리는 사람들은 이 골반저근육이 발달되어 스스로 컨트롤할 수 있는 능력이 높았던 사람을 일컬었던 것이 아닐까 추측합니다. 강하게 질을 조일 수 있는 힘은 여성이 오르가즘을 잘 느낄 수 있도록 하고, 동시에 남성의 만족도도 올라갑니다.

골반저근육이 약해지면 다른 문제가 생깁니다. 가장 대표적인 것이 요실금입니다. 요실금은 주로 40대 이후 노화로 인해 오는 경우가 많지만, 요즘은 위에서 말한 것과 같이 젊은 사람들도 근력 부족으로 인해 요실금을 겪게 되는 경우도 많다고 합니다. 젊은 나이에도 갑자기 요실금이 오는 결정적 계기는 보통 출산입니다. 그래서 출산 전에는 근육을 미리 만들어 놓을 것을 강조합니다. 제가 출산을 하면서 남들과는 다른 경험을 했기 때문에 더욱 자신 있게 추천합니다.

아이를 낳은 다음 날 있었던 일입니다. 산후조리원에서 복부 마사지를 받았는데 선생님께서 "아니, 어제 아이 낳은 사람 맞아요?" 하며 놀라시더라고요. 저는 29살에 딸아이를 낳았는데, 비교적 젊은 나이에 출산을 한 편인 덕도 있을 겁니다. 그렇다고 해도 아이를 낳자마자 배가 쏙 들어가는 경우는 발레하는 친구들 말고는 만나보기 힘들었습니다. 복부 마사지 선생님과 대화하며 평소 복근이 있고 없고에 따라 회복력의 차이가 크다는 것을 알게 됐습니다. 그러므로 출산 후에도 이전과 같은 몸을 유지하고, 남편과 변함없는 사랑을 이어가고 싶다면, 임신 전에 탄력 있고 힘 있는 근육을 미리미리 준비하는 것을 적극 추천합니다.

그런데 알고 보니, 남성에게도 골반저근육 강화가 여성과 마찬가지로 중요하다는 사실을 알게 되었습니다. 나이가 들어감에 따라 남성들은 전립선 비대증 등 전립선 기능 장애로 인한 불편을 겪게 됩니다. 소변을 멈추게 하는 근육과 사정을 억제하는 근육이 같기 때문에, 골반저근육 강화를 통해 전립선 주변 근육을 단련하면 배뇨장애, 조루에 효과적이라고 합니다. 더불어 골반저근육 운동은 골반 주변의 혈액순환을 원활하게 하여 발기부전에도 도움이 됩니다.

골반저근육 강화를 위한 운동으로, 전문가들은 케겔 운동을 추천합니다. 케겔 운동은 미국의 산부인과 의사 아놀드 케겔Arnold kegel 박사가 요실금 치료를 위해 고안한 운동입니다. 비뇨기계 근육은 기본적으로 불수의근이기 때문에 우리가 스스로 조절이 불가능합니다. 그러나 우리는 수의근인 항문 주변의 괄약근을 조였다 풀었다 하는 케겔 운동을 통해, 주변 근육이자 불수의근인 비뇨기계 관련 근육을 강화시킬 수 있습니다. 괄약근,

골반저근육, 내전근을 강화하는 운동 방법은 모두 같습니다. 즉 항문을 조이는 운동을 통해서, 골반저근육 및 내전근, 비뇨기계 관련 근육을 함께 강화할 수 있습니다.

발레는 항문을 죄는 케겔 운동을 계속해서 하고 있는 운동입니다. 발레 수업 시간에 가장 많이 듣는 말 중 하나가 "힙본hipbone을 죄세요."입니다. 계속해서 힙본을 죈 상태로, 즉 항문을 죈 상태로 움직여야 합니다. 발레를 하는 시간 내내 케겔 운동을 하고 있는 셈이죠. 그리고 발레는 엉덩이를 죄는 힘, 즉 골반저근육이 강화되어야 안정적인 동작을 수행할 수 있습니다. 그렇기 때문에 골반저근육 강화에 가장 효과적인 운동이 발레라고 할 수 있습니다. 만약 성기능을 높이고, 성적 매력을 오래도록 유지하고 싶다면 남자든 여자든 발레를 하는 것이 가장 효과적입니다. 발레만큼 골반저근육을 집요하고 강력하게 강화 시켜주는 운동은 없으니까요.

현대인의 활기에 참 좋은 운동

섹시함을 유지한다는 것, 이성에게 어필할 수 있는 매력을 높인다는 건 뭘까요? 사람들은 '남자에게 좋다' '여자에게 좋다'는 식품들을 열심히 찾아서 먹곤 합니다. 특히 남자들은 스태미나에 좋다, 여자들은 피부에 좋다는 것이라면 뭐든 찾아 먹으려는 경향이 있지요. 그렇게 열심히 찾아서 먹은 식품으로 결국 우리가 얻으려는 것은 무엇인가요? 활기, 생기, 젊음을 얻으려 하는 것 아닌가요?

그럼 그 활기, 생기, 젊음을 어떻게 가장 효과적으로 얻을 수 있을지 한번 생각해 볼 필요가 있습니다. 그 방법에는 여러 가지가 있겠지만, 지금은 우리 몸에 쌓이는 노폐물 관리에 대한 이야기를 나누려고 합니다.

최근에 저는 제 몸 건강을 위해 다시 성인반에서 발레를 하기 시작했습니다. 그렇게 발레를 다시 시작하고는 요즘 예뻐졌다는 얘기를 많이 듣습니다. 더불어 '피부가 좋아졌다.' '어려졌다' '살이 많이 빠진 것 같다'는 이야기를 많이 듣습니다. 실제로 저도 발레를 하고 나면 샤워를 하고 나온 거 같은 상쾌함을 느낍니다. 그리고 마사지를 받은 것 같은 시원함을 느낍니다. 이것은 발레를 하면서 몸의 순환이 원활해진 효과입니다.

우리 몸의 순환 체계에는 혈액순환과 림프순환, 이렇게 두 가지로 나눕니다. 혈액순환이 영양분을 전달하는 상수도 역할이라면, 림프 순환은 노폐물을 처리하는 하수도 역할이라고 할 수 있습니다. '정맥'의 통로 주변에는 '림프샘'이 있는데요, 림프샘은 노폐물을 제거하는 우리 몸의 '청소부' 역할을 합니다. 그런데 청소부인 림프샘이 제 역할을 제대로 하지 못하면, 우리 몸 곳곳에 노폐물이 쌓이게 됩니다. 몸에 쌓인 노폐물은 우리의 몸을 빠르게 노화시키고, 건강을 악화시킵니다. 더불어 바이러스가 청소부에 의해 제거되지 못하고 우리 몸을 돌면 바이러스에도 쉽게 감염됩니다. 즉 면역력이 떨어져 각종 질병에 쉽게 걸립니다.

그래서 우리는 림프 순환을 시켜 주어야 합니다. 이를 위해서는 몸을 움직여야만 하죠. 림프관 주변의 '근육'이 수축, 이완하면서 림프 순환이 되기 때문입니다. 근육이 결국 림프 순환의 펌프 역할을 맡는 것입니다. 즉 림프순환은 혈액순환처럼 자동 시스템이 아닙니다. 근육의 움직임으로 림프가 순환이 되기 때문에 일부러 몸을 움직여야만 순환이 되는 것이죠.

펌프가 없는 림프 순환의 흐름은 혈액순환보다 느리고, 또 순환이 막히기도 쉽습니다. 다시 말해 우리가 움직이면 원활하게 림프액이 흐르고, 우리가 림프샘을 막는 자세로 고정되어 있으면 림프액이 흐르지 못하고 고이게 됩니다. 막힌 림프샘은 마사지나 스트레칭으로 풀어줘야 합니다. 그런데 림프샘은 한번 손상되면 다시 복구할 수가 없다고 합니다. 그래서 마사지는 무리하게 하다가 림프샘을 손상시킬 수 있기에, 스트레칭이 더 효과적이고 안전합니다. 전신에 분포되어 있는 800개의 림프샘 중에서도 가장 핵심이 되는 림프샘이 있습니다. 중요한 림프샘의 위치를 알고 잘 관리한다면 건강하고 매력적인 여성, 혹은 남성이 될 수 있습니다.

골반 주변의 서혜부사타구니 림프샘, 흔히 Y존이라고 불리는 곳의 림프샘은 많은 림프샘 중에서도 핵심 림프샘입니다. 상체와 하체를 연결하는 중심부에 위치해 순환에 있어 가장 중요한 부위이면서, 동시에 가장 막히기 쉬운 곳입니다. 많은 여성들이 Y존의 살 때문에 옷맵시가 나지 않아서 고민하는 경우가 많습니다. Y존은 지방이 잘 달라붙는 특성이 있는 데다가, 다른 부위보다 접혀 있는 시간이 많아 혈액순환이 원활하지 않기 때문에 막히기 쉬운 부위이기도 합니다. 앉아 있으면 Y존은 계속 접혀있는 상태이지요. 그래서 앉아 있는 시간이 긴 현대인들은 Y존의 순환이 막히는 경우가 많고, 서혜부 주변으로 노폐물이 많이 쌓여있습니다. 문제는 Y존은 서 있어도 완전히 펴지지 않기 때문에, 별도로 펴주지 않으면 순환이 막힌 채로 계속 지내게 된다는 것입니다. 그래서 Y존 스트레칭은 림프 순환을 위해 매우 중요합니다.

서혜부 순환이 잘되지 않으면, 하체가 붓고 살이 찌기 쉬운 체형이 됩니다. 그리고 생식기 주변으로 노폐물이 많이 쌓이면서 성기능 장애로 이어지기도 합니다. 건강과 성기능의 활력을 위해서는 서혜부 림프샘의 순환이 매우 중요합니다.

발레 클래스를 림프 순환이라는 새로운 관점으로 바라보면 림프샘을 풀어주기 위해 매우 체계적이고 단계적으로 구성되어 있다는 사실을 깨닫게 됩니다. 특히 서혜부와 겨드랑이 주변 림프샘 순환에 매우 효과적인 움직임입니다. 기본적으로 고관절을 턴아웃turn-out시켜서 움직이므로, 서혜부 림프샘을 열어주는 자세를 유지하게 되기 때문입니다. 또한 드미 플리에, 그랑 플리에, 론드잠 등 발레 바에서 하는 동작들은 순차적으로 서혜부를 순환시킬 수 있도록 체계적으로 구성되어 있습니다. 다리를 높이 드는 동작에서도 서혜부 스트레칭을 적극적으로 하게 됩니다. 그래서 어떤 움직임보다도 발레가 서혜부 순환을 확실하게 도와주는 움직임이라고 할 수 있습니다.

또한 발레는 팔을 위로, 옆으로 늘리는 동작들이 대부분이기에 겨드랑이 주변의 림프샘 순환도 원활하게 해줍니다. 발레를 시작하고 사용하지 않던 겨드랑이 주변 림프샘의 순환이 원활해지면서 혈색이 좋아지고, 얼굴 피부가 좋아집니다. Y존과 더불어 노폐물이 잘 쌓이는 림프샘이 겨드랑이 주변 림프샘입니다. 그래서 이곳만 잘 관리해 줘도 얼굴에 생기가 돌고, 상체의 군살이 정리가 됩니다.

발레 클래스가 림프샘 순환을 위해 존재하는 것은 아니죠. 하지만 서혜부와 겨드랑이 뿐만이 아니라, 하체 및 상체 모든 전신의 림프 순환을 돕습니다.

발레 바는 발레 무용실에서 흔히 볼 수 있는 허리 높이 정도의 핸드 레일입니다. 두 손 혹은 한 손으로 이 봉(bar)을 잡고 발레 동작을 트레이닝하기 시작합니다. 처음 발 기술을 배울 때나 초보자에게는 필수적이지만, 모든 수준에서 계속해서 사용되는 도구입니다. 모든 수준의 발레 클래스는 이 발레 바를 잡고 세계 공통으로 정해진 트레이닝 순서에 따라 항상 진행됩니다.

발레 바를 잡는 위치가 정확하지 않으면 몸이 삐뚤어진 상태로 계속 동작을 하게 되므로, 바르게 발레 바를 잡는 것이 중요합니다. 발레 바를 잡을 때는 항상 팔꿈치가 내 몸보다 앞에 놓여있어야 합니다. 처음 바를 잡을 때는 중심을 너무 바에 의지하면서 몸이 바에 붙게 되는데, 팔꿈치가 내 몸보다 앞에 있도록 여유 있는 거리를 만드는 것이 좋습니다. 손을 잡는 힘은 파드되(듀엣)를 할 때 남자 무용수 손바닥 위에 손을 살포시 올려놓은 정도로 조절해 잡아야 합니다.

현대인의 우아함에 참 좋은 운동

긴 목선, 우아한 쇄골 라인, 잘록한 허리, 탄탄한 애플힙. 이런 몸을 만들어 보고 싶지 않으신가요? 여자들에게 가장 좋은 운동으로 발레를 추천하는 데는 위와 같은 이유 때문이기도 합니다. 발레로 몸이 만들어 지면, 품위 있고 우아한 바디 라인body-Line을 만들 수 있습니다. 이런 품격 있는 몸매는 다른 어떤 운동으로는 만들기 어려운 고급스러움이 있습니다.

발레는 귀족들의 춤이었기에 품위와 예절을 중요시합니다. 그 품격이 몸으로 풍겨져 나오록 하는 것이 발레입니다. 그래서 우아한 바디라인을 만드는 노하우들이 발레에는 다 담겨있습니다. 발레에서 사용하는 몸의 각도는 더욱 라인을 길고 우아해 보이게 만듭니다. 한마디로 표현하자면 발레는 드레스를 입었을 때 가장 우아하고 여성스러워 보이는 바디라인을 만들어 줍니다.

런던에서 지인들과 쇼핑하다가 저렴한 이브닝드레스가 보이길래 입어보았습니다. 평소에는 그냥 아줌마처럼 하고 다니던 저였는데, 드레스를 입는 순간 함께 갔던 지인들이 감탄을 해주어 아주 기분 좋았던 기억이 납니다. 당시에 살도 많이 쪄있는 상태였고, 내가 말하기 전에는 발레 선생님이라고는 전혀 생각되지 않는 몸의 상태였지요. 그린데도 불구하고 드레스를 입으니 달라 보였습니다. 평상복에서는 가려져 보이지 않았던 쇄골 라인, 목선, 어깨 라인, 애플힙 등이 드레스 라인을 살려준 것이요. 비록 살에 덮혀 있었지만 아직 죽지 않은 바디 라인이 무척 자랑스러웠던 순간이었습니다.

발레가 다른 운동과 차별화되는 점 중의 하나는 운동을 하면 할수록 몸이 여성스러워진다는 것입니다. 다른 운동은 운동을 통해 근육이 생길수록 남성스러운 라인으로 몸이 발달하게 됩니다. 보통 근육은 짧고 굵게 형성되기 때문이지요.

그런데 발레만이 거의 유일하게 근육이 얇고 길게 만들어집니다. 그래서 근육이 몸에 붙을수록 더 길어 보이고 더 여성스러워 보입니다. 그래서 같은 몸무게라고 하더라도 발레를 하고 나면 다이어트를 한 것과 같은 효과를 볼 수 있습니다. 그래서 운동의 목적이 아름다운 몸매 만들기인 사람에게는, 기왕이면 길고 우아하게 바디 라인을 만들어주는 발레를 하라고 추천하는 것입니다.

발레는 다른 운동에 비해 잔근육들이 섬세하게 발달되는 덕분에 다른 운동에서 느낄 수 없는 품위 있는 근육이 만들어집니다. 여자의 몸은 부피가 큰 근육이 생기는 것보다 섬세하게 자리 잡은 잔근육이 더욱 멋지고 예쁩니다. 남자의 몸도 우락부락

하지 않고 잔근육이 있으면 더욱 세련된 품위 있는 몸을 만들 수 있습니다. 남자 발레리노들의 몸을 보면 보디빌더의 근육과는 느낌이 다릅니다. 섬세하고 탄력 있는 근육이 순정 만화 주인공 왕자님 같은 느낌이 납니다. 개인 취향에 따라 우락부락한 큰 근육의 남성적 몸에 더 매력을 느끼는 분도 있으실 테지만, 섬세하고 세련된 탄탄한 몸에 더 매력을 느끼는 분들도 많습니다.

더불어 발레는 엉덩이와 배에 힘을 준 상태로 움직여야 합니다. 엉덩이와 배에 힘을 주고 있는 것이 습관으로 자리잡게 되면, 우리 몸은 어떻게 변할까요? 우리가 흔히 말하는 '애플힙'과 '잘록한 허리'가 저절로 만들어집니다.

저 또한 갱년기가 오면서 살이 찌고 복부에 살이 몰리기 시작했습니다. 배꼽이 앞으로 너무 나가 있는 느낌, 즉 배가 볼록하게 나와 있는 느낌이 너무 싫었습니다. 배꼽을 등 가까이 갖고 오기 위해, 즉 배를 납작하게 만들기 위해 여러 가지 복근 운동을 열심히 하였습니다. 그런데도 복근은 생기는 것 같은데, 배가 등에 붙는 느낌은 나지 않더라고요. 어떤 운동으로도 예전처럼 납작한 느낌의 배가 만들어지지 않았습니다.

그런데 갱년기 극복을 위해 발레를 다시 시작하고 나니, 한두 번 만에 배꼽이 다시 제자리를 찾은 느낌을 받았습니다. 발레가 납작하고 잘록한 허리를 만드는 데 얼마나 효과적인지를 다시 발레와 만나고 나서야 절실히 알게 되었습니다.

저뿐만이 아니라 우리 딸에게서도 발레의 효과를 확인하고는 한 번 더 놀랐습니다. 고3이 되어 앉아만 있다가 '확.찐.자'가 된 우리 딸이 어느날 살을 빼겠다며 크로스핏을 다니기 시작했습니다. 그런데 크로스핏 운동을 한 날과는 달리, 발레를 하고 온 날이면 허리가 하루 만에 쏙 들어가는 것이 눈으로 보였습니다. 사실 1시간 운동한다고 해서 몸무게가 얼마나 빠졌겠어요. 그런데 눈으로는 허리가 쏙 들어간 다이어트 효과가 나는 것입니다.

운동량이나 땀을 흘린 양은 크로스핏이 발레보다 더 많을 텐데도 크로스핏을 하고 온 날은 얼굴은 헬쑥해 졌지만, 몸 전체적으로 보면 다이어트가 잘 되었구나 하는 느낌이 나지는 않았습니다. 아마도 지방이 없어진 만큼 근육이 그 자리를 차지했기 때문일 겁니다. 그런데 발레는 1시간만에 몸매가 달라지는 것을 바로 눈으로 확인할 수 있었던 것이죠. 딸도 이렇게 말했습니다. "오늘 발레 시간에 실시간으로 살이 빠지는 게 눈으로 보였어."라고요. 이것이 요즘 말하는 인바디가 아닌 '눈바디' 다이어트 효과가 아닐까 싶습니다.

◉ 참고로 딸의 발레 실력은 취미반 중상급 정도 됩니다.

이런 효과를 잘 보려면 발레를 할 때 무조건 엉덩이와 배에 힘을 풀면 안 됩니다. 물론 그것을 항상 지키기가 어렵기 때문에 매일 연습하고 훈련하고 습관화하려는 노력이 필요합니다. 결코 쉽지도 않고, 오랜 시간을 들여야 합니다. 하지만 그렇게 하다 보면 배가 들어가고, 엉덩이는 올라가고, 목은 길어지면서 바디 라인이 무조건 바뀝니다.

발레를 통해 세련되고 품격 있는 몸을 완성하면 당신의 이성적 매력이 더욱 향상될 것입니다. 몸이 노출될수록 더욱 아름다워지는 당신의 몸을 만나게 될 것입니다.

발레 안티에이징

저는 40대 중반이 되면서 급격한 노화를 느끼기 시작했습니다. 발레 전공생들을 10년이 넘게 가르쳤는데요, 해마다 입시 전쟁을 치르느라 스트레스가 심했기 때문이었는지 남들보다 갱년기가 빨리 왔죠. 항상 '동안' 소리를 듣고 살던 제가 갱년기라니 정말 충격적이었습니다.

아직은 늙음을 받아들일 수 없었기에 저는 '노화와의 전쟁'을 하고 있습니다. 노화를 예방하기 위한 공부를 하다 보니, 돌고 돌아 최고의 명약이 발레였다는 사실을 알게 되었습니다. 그래서 선생님이 된 이후로 '입'으로만 하던 발레를 이제 '몸'으로 다시 하기 시작했습니다. 발레를 안티에이징의 효과로 바라본 사람이 없었기에, 아직 발레가 안티에이징에 얼마나 효과적인지는 잘 알려져 있지 않습니다. 하지만 안티에이징을 위한 다양한 방법을 공부해 보면 결국 발레만큼 안티에이징을 시켜줄 수 있는 운동은 없다는 확신을 갖게 되었습니다.

발레는 '중력을 거스르는 움직임'이기 때문입니다. 발레는 중력이 없는 것처럼 보이려고 노력하는 움직임이라고 볼 수 있습니다. 그래서 늘 발레리나들은 중력을 거스르는 연습을 매일 합니다. 중력을 거스르기 위해 체계적으로 몸을 잡아가는 과정이 발레 클래스라고도 볼 수 있습니다.

중력을 이기는 발레

노화 현상을 시각적으로 표현한다면 중력을 온몸으로 받아들이는 상태라고 할 수 있습니다. 모든 피부, 장기들이 아래로 아래로 흘러내리는 현상을 우리는 노화라고 합니다. 가슴도 처지고, 배도 처지고, 심지어 자궁, 방광 등도 아래로 처집니다. 소화 기관도 제자리를 잡지 못 하고 늘어져서, 소화가 잘 안 되는 느낌을 받습니다.

그런데 발레를 하면 어떻게 될까요? 몸이 리프팅 업 됩니다. 발레는 몸의 모든 장기와 근육들을 중력의 반대 방향으로 끌어 올려줍니다. 발레 시간에 항상 듣는 표현이 '정수리에 실을 매달아 위에서 당기는 것처럼 서세요'입니다. 중력의 반대 방향으로 항상 몸을 끌어올리고 있는 상태가 발레의 기본 자세이고, 나아가 중력이 느껴지지 않게 움직이는 것이 발레 동작입니다. 그런 움직임을 반복하다 보면 근육이 올라 붙으면서 몸의 리프팅 효과를 볼 수 있습니다.

흔히 발레는 '속 근육'을 사용한다는 말을 합니다. 그것이 바로 이 중력을 거스르기 위해 몸통 안에서 '풀업pull-up' 상태를 항상 유지하기 때문입니다. 사실 이 속 근육을 끌어올리면서 발레를 할 수 있어야 진짜 발레를 하는 것입니다. 그래서 발레는 단시간에 갑자기 변화, 성장하기가 쉽지 않습니다. 보이지 않는 속 근육을 느끼고 사용할 수 있는 데까지는 최소 1년 정도의 시간이 필요하기 때문이지요. 시간과 정성을 들여 속 근육을 사용하는 느낌을 알게 되면, 그때부터는 몸의 라인이 달라지고, 발레 테크닉이 달라집니다.

다른 운동은 잘하시는 분이 발레만큼은 넘을 수 없는 벽을 느낀다고 하실 때가 가끔 있습니다. 그것은 보이는 근육으로만, 큰 근육으로만 발레를 하려고 하기 때문입니다. 아직 진짜 발레 근육을 사용해 보지 못했기 때문에 발레의 벽을 넘지 못할 것 같은 느낌을 느끼는 것입니다. 하지만 처음에는 알기 힘들더라도 인내하며 잘 배워 둔다면, 노화의 시계를 늦출 수도, 나아가 되돌릴 수도 있습니다.

100세를 살아야 하는 몸입니다. 만약 40살에 시작해도 60년을, 50살에 시작한다 해도 50년을 더 쓸 몸을 만드는 것입니다. 마지막 순간까지 내 두 다리로 걸으면서 재밌는 곳도 다니고 즐거운 활동들을 하면서 노년을 보내고 싶다면, 지금 1년의 시간을 투자해 보는 것을 정말 추천합니다. 발레를 익혀가는 1년의 노력으로 10년을 선물 받을 수 있습니다.

누구도 늙어 보이고 싶어 하는 사람은 없습니다. 그래서 많은 사람들이 각종 시술을 통해 젊음을 유지하려 합니다. 이제 얼굴만 리프팅 시키지 말고, 몸을 리프팅 해보세요. 진짜 '찐 젊음' '찐 생기'는 몸이 리프팅 되었을 때입니다.

나를 사랑하게 되는 발레

갱년기 때문인지 나이가 들면 우울감을 쉽게 느낍니다. 어릴 때는 굴러가는 낙엽만 봐도 웃는다고들 하는데 어른이 되면 그렇게 이유 없이 꺄르르 웃을 일이 잘 없지요.

내 사진을 보기 싫어지는 나이가 되면, 자신감도 떨어지고 우울감도 옵니다. 저는 가끔 딸의 사진을 보며 나라고 착각했다가, 그 옆에 나이 든 아줌마가 나인걸 다시 확인하며 한숨을 쉴 때가 있습니다. 그렇게 현실을 직시하고 나면 자존감이 떨어 지더라고요. 특히 축축 처지는 몸을 보면서 이제 여자로서는 끝났구나 싶은 기분도 들었고요. 아직도 저는 스스로 20대라고 착각하고 살고 있나 봅니다.

갱년기가 오면 실제로 호르몬의 변화로 인해 우울감을 느끼게 된다고 합니다. '스트레스' 파트에서도 얘기했듯이 우울감을 없애는 치료 약으로 모든 전문가가 '운동'을 추천합니다. 그래서 발레는 일단 운동의 효과를 통해 우울감을 해소해 줍니다.

더불어 발레는 나를 아름답게 만들어 주는 많은 비법들이 담겨 있는 운동입니다. 가장 고민되는 뱃살도 없어지고, 칙칙했던 피부도 생기있게 환해집니다. 순환 운동을 통해 젊음을 되돌려주고, 근력 운동을 통해 탄탄하고 건강한 몸을 만들어 주지요. 그리고 무엇보다 가장 아름다운 바디라인을 완성시켜 줍니다. 여자는 내가 아름답다고 느낄 때 자존감이 올라갑니다. 선생님의 지도에 따라 몸의 각을 잡고서 거울을 보면 이제까지 본 적 없었던 기품 있어 보이는 자신을 발견하게 됩니다. 그렇게 나를 뽐내보는 시간들을 통해 나를 사랑하는 자존감이 올라가는 걸 느낄 수 있습니다.

한편, 나이가 많아도 근력이 있어 짱짱하신 분은 젊게 느껴집니다. 나이가 그렇게 많지 않은데도, 근력이 없어서 비실비실하면 나이 들어 보입니다. 그래서 근육이 있어야 스스로도 젊다고 느낄 수 있고, 모든 움직임에도 자신감도 생깁니다.

저는 '근육은 곧 자신감'이라고 생각합니다. 몸에 근력이 생기면 자신감도 올라갑니다. 반대로 몸에 근력이 없으면 겁이 많아집니다. 몸에 탄탄한 근육이 생기면 두려움이 없어지고, 무엇이든 할 수 있는 용기가 생깁니다. 또한 근육이 있으면 나도 모르게 움직임이 많아집니다. 반대로 근육이 없으면 나도 모르게 자꾸 움직이지 않게 됩니다. 움직이지 않고 가만히 있다 보니 우울해지고, 우울해지다 보니 또 움직이기 싫어지는 것이지요. 그래서 근육이 있으면 선순환의 고리 안에서 돌게 되고, 근육이 없으면 악순환의 고리 안에서 돌게 됩니다.

가볍게 나는 듯이 뛸 일이 없었던 중년들이 발레를 통해 날아오르는 듯한 경험을 하는 것도 큰 기쁨이 됩니다. 발레 시간에는 가벼운 점프, 큰 점프 등을 하게 되는데, 점프를 할 때는 소녀가 된 듯한 기분을 느끼며 까르르 웃곤 합니다. 이런 기분은 중력을 거스르는 발레 시간에만 느낄 수 있는 희열입니다.

여럿이 함께 즐기는 발레

발레는 단체 수업입니다. 여럿이 함께 모여 하는 운동이기에 정기적인 대인관계를 가질 수 있다는 것이 현대 사회에서는 큰 장점이 됩니다.

하바드대 정신과 교수는 "무엇이 행복을 결정하는가?" 물음에 대해 오래 연구한 결과, 그 답을 '좋은 관계relationship'에서 찾았다고 합니다. 사람은 사회적 동물입니다. 고립되어 있다 보면 자신만의 세계에 매몰될 수 있지요. 혼자 있다 보면 우울감에 빠지고, 사람들과 소통하는 법을 잊어버릴 수도 있는데, 특히 갱년기 이후 고령자라면 더욱 고립을 주의해야 합니다. 그런 점에서 발레는 삶의 활력이 되어 줄 수 있습니다. 취향이 비슷한 사람들이 모이는 정기적인 만남이 이루어지기 때문입니다. 특히 발레는 노년의 품격을 더욱 높여주는 커뮤니티가 될 수 있습니다. 꾸준히 몸을 관리하고, 예술을 사랑하며, 자신에게 투자할 줄 아는 사람들이 모이기 때문입니다. 마음이 잘 맞는다면 함께 공연을 보거나 예술이 필요한 곳에 봉사 활동을 하러 떠날 수도 있겠지요.

또한 발레는 군무를 통해 함께 공연을 올리거나, 콩쿠르에 참가할 수도 있습니다. 여럿이 함께 하나의 작품을 완성해보는 것은 매우 값진 경험이 되어줍니다. 발레의 꽃이라 할 수 있는 무대 경험을 통해 어쩌면 이제까지 한 번도 경험해 보지 못한 아주 큰 성취감을 느끼게 될 수도 있습니다. 그리고 한마음으로 공연을 준비하며 끈끈한 결속력에서 오는 소속감도 느낄 수 있지요.

지금은 취발러의 시대

2011년, 발레 공연이 전석 매진되다

"세상의 이런 일이… 국립발레단 '지젤' 전석 매진" 2011년 2월 11일 조선일보 기사 제목입니다. 불과 14년 전만 해도, 발레 공연의 매진 사태는 기사가 날 큰 사건이었습니다. 이때가 발레 공연으로써는 최초로 매진을 시킨 사례로 알고 있습니다. 이 공연을 시작으로 종종 발레 공연의 매진 사례가 생겼고, 최근에는 서두르지 않으면 발레 티켓을 구하기 힘들 정도로, 발레 공연의 매진은 특별한 일도 아니게 되었습니다. 그만큼 14년의 세월 동안 발레를 즐기는 대중이 많이 늘어났다는 방증입니다.

저는 발레 아카데미를 오픈하기 전 컨템포러리 발레단을 운영하면서, 공연 활동을 하고 있었습니다. 그 당시 제 꿈은 발레를 연극 정도로 대중화시키는 것이었습니다. 그러다 2010년에 발레학원을 오픈했습니다. 세상 살아가는데 운이 8할이라는데, 이 기사를 보며 '운이 좋았던 거였구나, 좋은 시기를 잘 타고났던 거였구나.'라는 걸 알았습니다. 잠재되어 있던 대중들의 발레에 대한 호응이 폭발을 시작하려던 시기, 그때에 맞춰 아카데미를 시작했기 때문에 이전에는 볼 수 없었던 관심을 받으며 학원 운영에서 신기록들을 세울 수 있었다는 것을 깨달았습니다.

2024년은 15년 전에 비해, 발레 대중화에서 많은 변화가 일어났습니다. 유아 발레의 붐을 지나서, 발레 공연을 보러 가는 인구가 늘었으며, 발레핏 등을 통해 필라테스와 같은 대중적인 교정 운동이란 인식도 많이 생겨났습니다. 발레 매니아층도 두터워지면서, 성인 취미 발레인들이 전문적인 발레 공연을 올리고, 발레에 관한 책도 다양한 주제로 쓰는 시대가 되었습니다. 더불어 요즘 패션 트랜드는 '발레코어룩'이라고 하여, 발레리나와 같은 분위기를 내는 패션이 유행하고 있지요. 그만큼 발레는 우리의 일상에 깊이 친근하게 자리를 잡았습니다.

X세대 엄마들에겐 가깝고도 멀었던 발레

2010년으로 잠시 돌아가 봅시다. 온라인 쇼핑보다 오프라인 마트에서 주로 장을 보았고, 가족들과 함께 주말 또는 평일에 마트나 백화점에서 시간을 많이 보내던 시기로, 이곳 문화센터에서는 유아발레 프로그램이 한창 활성화되었습니다. 백화점 문화센터의 영어 발레, 혹은 어린이집이나 유치원 방과 후 수업에도 발레가 있었고 대부분 수강 마감을 시킬 정도로 인기가 높았지요. 주변에 발레를 하지 않는 여자아이를 찾는 것이 더 어려울 정도로 여자아이들은 대부분 발레를 배웠습니다.

문화센터 유아 발레가 붐이었던 2010년. 문화센터 발레 수업을 가득 채운 여자아이들 뒤에는 1990년대 청소년기를 보낸 X세대 엄마들이 있었다고 생각합니다.

1991년, 저는 중학교 1학년이었습니다. 일반 여자 중학교를 다녔지만 발레 전공 체육 선생님이 계셨고, 선생님은 점심시간이면 저를 무용실로 불러서 연습하게 시켰지요. 혼자 무용실에 들어가 바에 다리를 올리고 몸을 풀고 있으면, 아이들이 우르르 몰려들었습니다. 창문을 가득 메운 아이들이 연습을 지켜보았고 저는 너무 부끄러워서 그렇게 며칠을 하다가, 점심시간 발레 연습을 결국 그만두었습니다.

발레하는 내 모습을 보기 위해 몰려들었던 여중생들, 그들이 보여줬던 발레에 대한 관심과 호기심이 X세대 엄마들을 조금은 설명할 수 있지 않을까요? 어른이 되고 보니 사실은 발레를 해 보고 싶었지만 집에서 시켜 주지 않아서 못 해본 사람들이 많았다는 것을 알게 되었습니다. 즉 X세대 엄마들은 발레를 직접 배워보지는 못했지만, 발레에 대한 호기심과 관심, 친근함이 있었던 세대였습니다.

소련의 붕괴도 이러한 관심에 영향을 미쳤습니다. 러시아 발레단의 세계 순회공연이 활발해졌기 때문입니다. X세대 엄마들은 우리나라 거리에서 세계적인 러시아 발레단의 내한 공연 포스터를 어렵지 않게 볼 수 있었던 시절을 살아왔으며 TV 속 문화 프로그램을 통해 바리시니 코프 등 러시아 출신의 스타 발레 무용수들의 활발한 활동을 영화나 TV로 접할 수 있었습니다. 이들에게 발레는 가까이에 있었지만 내 손에는 잡히지는 않는 느낌이었을 것입니다. 즉 발레에 대한 마음속 로망만 키우고 있었던 세대라고 볼 수 있습니다.

세계적 수준의 발레 공연을 볼 수는 있었지만 내가 직접 해 보지는 못했던 중·고등학생이 자라서 아이를 낳았습니다. 그 엄마들이 문화센터에서 저렴하면서도 쉽게 접할 수 있는 아동 발레 프로그램을 만나게 됩니다. 가깝지만 나에겐 멀었던 발레, 마음속에 숨겨져 있는 발레에 대한 로망은 딸아이에게 발레복을 입히는 것으로 발현됩니다. 해보고 싶었지만 해보지 못했던 발레를 딸에게 시키면서 엄마들은 대리만족을 느꼈을지도 모릅니다. 그래서 저는, 2010년경 문화센터 유아 발레가 붐이 일어날 수 있었던 배경에는 1990년대 청소년기를 보낸 X세대 엄마들이 있었다고 봅니다.

발레학원 수강생이 380명?

학원을 개원한 지 2년 만인 2012년에는 수강생을 380명까지 모았습니다. 발레 수업만으로 이런 인원을 모았다는 것은 아주 특별한 일입니다. 저는 그 저변에 분명히 한국 발레의 폭풍 성장기를 잘 탄 운도 분명히 있었다고 생각합니다. 개원할 당시, 대중들의 높은 발레 니즈에 비해 그 니즈를 맞출 수 있는 공급이 많지 않은 때였기 때문입니다.

2010년 당시 우리나라의 발레 수업의 분위기는 양극단으로 나뉘어져 있었습니다. 문화센터의 발레는 재미, 흥미 위주의 수업으로, 유치부 아이들이 즐겁게 발레를 시작하기에 좋았습니다. 하지만 그곳에서 체계적인 발레를 배우기는 힘들었습니다. 그러나 체계적인 발레 클래스를 운영하는 발레학원은 흔하지 않았습니다. 게다가 막상 학원에 가보면 친구들도 많지 않고, 수업 분위기도 엄격했습니다. 발레를 정말 좋아하는 아이가 아니라면 금방 흥미를 잃어버릴 수밖에 없었습니다. 그러다 보니 엄마들 사이에서는 '발레는 전공할 거 아니라면 초등학생이 됐을 때 떼야 하는 과목'으로 공공연하게 인식되어 있었습니다.

그래서 저는 발레는 유치부 아이들이나 하는 놀이 수업이라는 인식을 바꾸기 위해 노력했습니다. 초등 고학년들도 꾸준히 취미로, 운동으로 발레를 하는 것이 좋다는 인식을 전하기 위해 노력했습니다. 2차 성징이 오는 중고생들도 오히려 시간을 내어 발레를 해야 한다고 주장했지요. 그 10여 년의 노력으로, 지금 우리 학원에는 초등 3학년 이상의 취미로 발레하는 학생들이 많습니다. 저는 이런 아이들의 몸과 마음의 건강을 중요하게 여기고, 매주 시간을 내어 발레를 시키시는 학부모님들의 결정에 존경심을 갖고 있습니다.

아직도 우리나라에서는 청소년 시기에 운동하는 것을 특별하게 여기지만, 사실 해외에서는 10대에 운동 하나는 꾸준히 하는 것을 당연하면서도 중요하게 여깁니다. 어찌 보면 발레를 일주일에 한 시간 하는 것이 특별한 일이 되고 존경받아야 하는 일이 되는 한국의 현실이 좀 서글프기도 합니다. 우리 청소년들도 발레를 비롯한 꾸준한 운동을 즐길 수 있기를 간절히 바랍니다.

2010년경

"발레는 몇 살 때까지 할 수 있나요?"

발레는 유치원생들이 하는 운동 놀이 정도로 인식하던 시기.

2012년경

"발레하면 다이어트 많이 되나요?"

성인들이 운동 과목으로 발레를 떠올리기 시작했지만 아직은 에어로빅 같은 유산소 다이어트 운동으로 인식하던 시기.

2015년경

"발레하면 진짜 키가 크나요?"

성장기 어린이들의 키를 키우기 위해 발레가 가장 좋다는 인식이 널리 퍼지고, 성인 취미 발레인들 중에서도 발레 덕분에 키가 커졌다는 실사례를 들어본 사람이 많아지며 '발레는 키 크는 운동' 이라는 인식이 컸던 시기.

2017년경

"저 척추 측만이 좀 있는데, (혹은 거북목이 심한데) 발레하면 진짜 교정이 되나요?"

자세 교정을 목적으로 발레학원을 찾는 분이 늘어나고 필라테스, 요가에서 채워지지 못한 부분을 발레에서 채울 수 있다는 정보를 알게 된 사람들이 생겨나며 '발레는 체형 교정 운동'으로 인식된 시기.

2021년경

"전공할 건 아니고요. 우리 아이 운동 겸 취미로 발레를 꾸준히 하고 싶은데요? 들어갈 만한 반이 있나요?"
발레를 평생 꾸준히 하는 운동. 취미로 인식하는 사람이 많아지며 초등 고학년 이상 아이들이 처음 발레를 시작하는 경우가 늘어난 시기.

2023년경

"중학생인데요(고등학생인데요)… 처음 발레하는데요… 운동으로 발레할 수 있는 반이 있을까요?"
중·고생들이 운동과 스트레스 해소를 위해, 또는 발레를 하고 싶어서 스스로 문의를 주는 경우가 많아졌는데 그 이유로는 '발레에 늦은 나이는 없다'는 인식이 전 연령에 생긴 덕분.

성인 취미 발레의 대중화

'가깝지만 멀었던 발레'에 아쉬움이 있던 성인들의 로망은 대리만족에서 끝나지 않았습니다. 보는 발레가 아닌, 하는 발레로 능동적으로 바뀌기 시작했습니다. 이는 취미 발레 문화로 자연스럽게 옮겨갔고, 성인 발레의 붐으로 이어졌지요. 제가 만난 성인 발레 수강생들도 청소년 시기에 발레를 하고 싶었지만 배워보지 못했던 분들이 대부분입니다. 성인이 된 그들은 수동적으로 발레를 즐기는 관객이 아니라, 능동적인 공연을 올리는 발레리나가 되기로 했습니다.

어느 순간 성인 취미 발레 콩쿠르들이 생겨나더니, 이제는 대부분의 사설 무용 콩쿠르에 비전공 성인 경연 부문이 생겼습니다. 비전공 성인 발레인들의 발레단이 여럿 생겨나, 취미 발레러들도 전공자처럼 오디션을 보고, 공연을 하게 되었지요. 발레 일기를 쓰는 취미 발레 블로거들이 늘었으며, 발레에 대한 책을 쓰는 작가가 되기도 합니다. 발레 행사를 주체하는 기획자가 되고, 발레 관련 물품을 만드는 사업가가 되는 등 발레에 빠져 본인의 특기를 살려 발레와 관련된 직업으로 완전히 삶의 방향을 바꾼 이들도 여럿 생겨났습니다. 전문가보다 더 전문가처럼, 24시간 발레와 함께 살고 있는 취미 발레러들이 지금의 발레 문화를 이끌어 가는 것 같습니다.

한번은 CJ 엔터테인먼트의 스토리온 채널 촬영팀이 우리 학원에 방문해 성인반 주부 수강생 4명의 생활을 1시간 분량의 프로그램으로 소개하기도 했습니다. 주부들이 발레를 통해 우울증을 해소하고, 건강하고 활기차게 살아가는 일상을 보여주었습니다. 이런 다양한 발레 관련 프로그램들을 통해서 한번도 발레를 해 본 적이 없었던 성인도 발레를 배울 수 있다는 인식이 조금씩 늘어나 널리 퍼졌을 것이라 짐작해 봅니다.

성인 취미 눈높이에 맞춘 발레 수업을 원하는 수요가 점점 늘자 성인만을 위한 전문 발레학원도 생겨났습니다. 'Balletin'을 비롯하여 비롯한, 성인 취미 발레러의 니즈를 정확히 파악한 성인 발레학원들은 상상 이상으로 성장하기 시작했습니다. 성인 취미 발레로 유명한 발레학원이 많아진 만큼 성인 취미 발레 매니아 층도 두터워졌습니다. 이들은 스스로를 '취미 발레러'의 줄임말인 '취발러'라 부릅니다. 본인의 취미인 발레를 자랑스럽게 여기며, 본인의 취미 생활을 SNS나 블로그 등에 올려 사람들과 소통합니다.

이제는 발레인 사이에서 '취발러'가 고유 명사처럼 쓰일 만큼 취발러의 인구가 많아졌습니다. 그리고 '취미 전공생'이라는 표현이 사용될 정도로, 전공생처럼 심도 깊게 발레를 하는 취발러들도 생겨났습니다. 개인 레슨을 받으며 보다 전문적으로 발레를 배우고, 전공생처럼 자신만의 작품을 받아서 콩쿠르에도 참여합니다. 심지어 무용과 대학 입시를 다시 보는 경우도 심심치 않게 있습니다. 함께 발레 공연을 올리며 더욱 발레리나가 된 것 같은 기분을 느끼기도 하지요.

이렇게 발레에 진심인 취발러들이 늘어나면서, 전공생처럼 보다 심도 있는 발레에 도전하고자 하는 욕망들도 커졌습니다. 그리고 그 니즈에 맞춰 2017년 취미 발레인의 축제 '발레 메이트 페스티벌'이 열렸습니다. 한해가 다르게 참가팀의 수와 관객의 수가 늘어나는 '발레 메이트 페스티벌'의 성장은 한국의 취미 발레에 대한 관심과 수요층의 확장 정도를 가늠할 수 있는 지표가 되어주는 행사로도 볼 수도 있겠습니다.

발레 메이트 페스티벌 등장 이후로 성인 취미 콩쿠르도 활성화되기 시작했습니다. 이전에는 비전공 일반인이 참가할 수 있는 무용 콩쿠르가 전무했지만 지금은 대부분의 사설 무용 콩쿠르에 비전공 일반인 부문이 있습니다. 즉 취미 발레러들의 콩쿠르 참가가 그만큼 대중화된 것으로 봅니다.

2018년 전후쯤으로 기억하는데 저는 그때 비전공 일반인 경연을 보고 두 번 놀랐습니다. 첫째는 '발레에 열정적인 분들이 이렇게나 많다니!' 였고, 두 번째는 '실력파 취미 발레러가 이렇게나 많다니!'였습니다. 참가자는 15명으로 예상했던 것보다 많았고 1~2명을 제외하고는 모두 토슈즈를 신고 클래식 작품을 선보였다는 점도 놀라웠습니다. 발레를 해본 사람은 알겠지만, 토슈즈를 신고 클래식 발레 솔로 작품을 한다는 것은 꽤 오랜 경력이 필요합니다. 엄청난 연습량이 있어야만 가능한 실력이지요. 그들이 무슨 상을 받든 상관없이 발레리나처럼 당당히 무대에 선 그들의 모습이 너무 대단해 보였습니다.

마지막으로 '스완스 발레단'을 빼놓을 수 없습니다. 우리나라의 성인 취미 발레가 심도 있어지고, 더 열정적으로 사람들이 임하게 된 데에는 와이즈발레단 부설 스완스 발레단의 역할이 컸다고 생각하기 때문입니다. 이들은 아마추어 발레단으로써 활발한 활동을 이어가며, 오디션을 통해 단원을 선발합니다. 취발러들은 이 아마추어 발레단 오디션을 통과하기 위해, 전공생처럼 발레에 임하고 입단 후에도 공연을 위해 많은 시간을 발레에 투자하지요. 그런 분위기 덕분에 성인 취미 발레러들이 더욱 진지하게 발레에 임하게 되었고, 전반적인 수준이 높아졌다고 생각합니다.

이런 모습은 일본을 많이 닮아있기도 합니다. 발레 아카데미와 발레가 발달한 일본에서는 우리보다 앞서서 성인 취미 발레단, 성인 취미 발레 수업이 활성화되어 있었습니다. 그리고 노인들의 발레 수업도 활발히 이루어지고 있습니다. 앞으로는 우리나라도 전 연령이 운동으로 취미로 발레를 즐기는 문화가 더욱 활성화될 것이라고 기대합니다.

이제 발레는 더 이상 전문가의 영역이 아닙니다. 일반인들의 취미 영역으로 자리를 잡아서 그 영역이 확대되고 있지요. 보다 많은 사람들이 발레를 즐기고 발레를 통해 행복하고 건강한 삶을 누릴 수 있도록 저를 비롯한 발레 전문가들이 더 노력해 가야겠다는 다짐을 해봅니다.

플로어 워밍업

초 · 중급의 발레 수업은 플로어 워밍업으로 보통 시작합니다. 발레 클래스라고 하면 정통적으로는 바(Bar) 수업과 센터 (Center) 수업을 말하기 때문에, 플로어 워밍업은 전통적인 발레 수업 구성에는 포함되지 않습니다. 다만 오늘날 선생님들이 필요에 의해 추가로 선택하곤 합니다. 이 단계에서는 스트레칭과 간단한 동작을 통해 근육을 따뜻하게 하고, 부상의 위험을 줄이며 몸을 준비합니다. 마치 아침에 기지개를 켜는 것처럼, 부드럽게 몸을 움직여 하루의 시작을 알리는 느낌입니다.

바 워크Bar Work

다음 단계는 바(Barre)입니다. 발레 바를 잡고 진행하는 훈련으로, 발레 동작의 기초를 익히는 데 중요한 역할을 합니다. 플리에, 탄듀, 제떼 등 정해진 순서에 따라 순차적으로 몸을 트레이닝 시킵니다. 바 워크를 통해 발레 테크닉에 필요한 근력, 유연성, 균형감 등을 만들어서, 바(Bar)의 도움 없이도 발레 테크닉을 시연할 수 있도록 연습합니다.

센터Center

바에서의 연습이 끝나면 센터(Center)로 이동하여 바의 도움없이 다양한 발레 동작을 마스터하는 연습을 합니다. 이때 하는 다양한 동작의 연결을 앙쉐르망(enchaînement)이라고 부릅니다. 다양한 발레 스텝과 우아한 발레 테크닉을 배우며,

더 자유롭고 큰 동작들을 수행할 수 있게 됩니다. 아다지오, 탄듀&제떼, 그랑바뜨망, 왈츠, 스몰 점프, 미디움 점프, 그랑 점프, 턴의 순서로 주로 진행됩니다.

작품(베리에이션), 토슈즈

더 나아간다면 마지막 단계는 작품 연습 또는 토슈즈 연습입니다. 발레 클래스에서 배운 동작들을 바탕으로 구성된 클래식 발레의 작품 레파토리를 배울 수 있는데, 이렇게 작품을 배우는 수업을 베리에이션(variation) 수업이라고 합니다. 베리에이션 수업에서 배운 작품은 실제 공연을 선보일 수 있는 완성된 안무를 배우는 것이어서 성취감을 가장 크게 느낄 수 있는 수업입니다. 더불어 토슈즈 수업을 통해 발끝으로 서는 포인트 워크(Point work)를 추가적으로 배울 수도 있습니다.

CHAPTER 2

몸과 마음을 바꿔준 발레

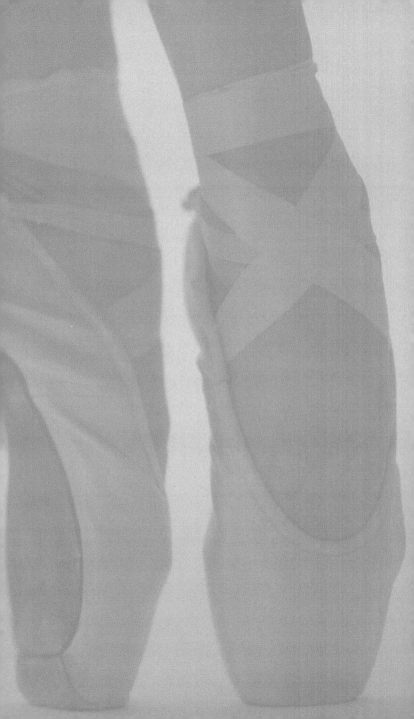

척추측만을 교정한 바이올린 연주자

박솔진, 경력 1년

솔진 님은 초등학교 6학년 때 3번의 커브가 있는 꽤 심한 척추측만 진단을 받았습니다. 중3 때는 수술이 필요할 정도로 심해졌습니다. 병원의 운동처방센터도 오랫동안 다녔고, 필라테스, 요가, P.T. 등 개인 레슨을 받으며 교정을 하기 위한 노력을 했지만 큰 효과를 보지 못했습니다. 그러다가 발레 개인 레슨을 받은 것을 계기로 일반인들과 비슷해 보이게 교정이 되었습니다.

라영: 척추측만증을 어떻게 알게 됐나요?

솔진: 초등학교 6학년 때였어요. 바이올린 연주회 때문에

무대 드레스를 맞추려고 갔는데 피팅해 주시는 분이 그러시더라구요. '골반 한쪽이 앞으로 나와 있는 것 같아요. 나중에 병원에 한번 가보는 게 좋을 거 같아요.' 그래서 봤더니 정말 골반이 옆으로 많이 튀어나와 보이고, 똑바로 서려고 해도 바르게 안되더라구요. 이 얘기를 듣기 전에는 제 자세에 대해서 전혀 의식을 못 하고 있었어요. 그분 덕분에 처음으로 엄마도 저도 제 골반의 위치를 신경 써서 보게 되었죠.

예중 입시를 끝내고, 초등 6학년 말에 아산병원에 가서 검사를 받았어요. 엑스레이를 찍어보니 정말 심각한 상태였어요. C 자로 한번 커브도 아니고, S 자로 두 번 커브도 아니고, 3개의 커브가 만들어져 있는 상태였고. 그 각도도 좀 심하더라고요.

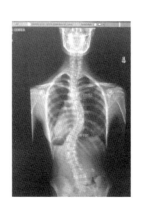

라영: 척추측만을 진단 받은 뒤에 어떻게 치료를 했나요?

솔진: 아산병원에서 운동 처방을 받아서 주1회씩 운동하러 병원을 다녔어요. 한번 가면 40~50분 정도 1:1로 지도받으며 처방받은 운동을 했어요. 다녀온 날은 괜찮아지는 거 같은데, 다음날이면 다시 도루묵이 되더라고요. 운동효과 유효기간이 진짜 당일 하루였어요. 그래도 몇 년을 다녔어요. 예중을 다니면서 병원을 다니는 시간을 내는 게 쉽지는 않았지만요. 가끔 빠지는 날들이 있긴 했었어요. 그런 날은 숙제를 내주시는데, 집에서는 운동할 시간도 없고 누가 잡아줘야 하는데 그러기가 쉽지는 않았어요.

그러다가 스포츠의학센터가 주5일제로 바뀌면서 토요일에 갈 수 없게 되었어요. 그러다 보니 운동을 거의 못했어요. 그래서 그랬는지 중3 쯤에는 휘어진 각도가 더 심해져서 수술이 필요한 상태까지 가게 되었어요. 그래서 수술하자는 권유도 받았어요.

라영: 수술을 권유 받았는데 왜 수술하지 않았나요?

솔진: 수술 권유를 받고 사실 너무 허무했어요. 운동 처방 받아서 힘들게 다녔는데 이제까지 뭐한 건가 하는 생

각이 많이 들었어요. 나아지려고 다니고 있었는데 더 나빠지고, 결국 수술까지 해야 한다니 화도 났어요.

게다가 수술해도 우리가 생각하는 정상 상태가 되는 게 아니더라고요. 수술을 하면 자유롭게 움직일 수가 없게 된다고 했어요. 그러면 앞으로 운동 같은 건 영원히 자유롭게 할 수가 없게 되는 거잖아요.

결정적으로 제가 제일 신경 쓰였던 건 골반이 옆으로 튀어나와 보이는 거였는데, 그건 달라지지가 않는다고 하더라고요. 수술로 척추는 바로 세울 수 있지만, 골반은 바로 세울 수가 없다고 했어요. 그래서 수술은 안 하기로 결정했어요.

라영: 그 이후에 어떻게 치료를 이어갔나요?

솔진: 다른 병원을 알아보다가 대학 병원에 갔어요. 그곳에서는 아직 중학생이라 어리기 때문에 수술은 권하지 않는다고 하고, 운동을 하라고 했어요. 아 그리고 교정기도 처방 받았어요. 그런데 밤에 하는 건 차고 자다가도 잠결에 제가 풀어서 벗어버리고, 낮에 하는 거는 바이올린 할 때 걸리기 때문에 연습할 때는 쓸 수가 없었어요. 그래서 교정기를 처방 받아서 쓰기는 했지만 크게 효과는 없었어요.

수술도 안 되고 이제 방법은 운동밖에 없다는 절박한 결론에 이르게 됐어요. 운동하러 대학 병원을 다니기는 너무 멀기도 했고, 운동은 병원만 믿지 말고 따로 알아보는 게 맞다는 결론이 내려져서 좋다는 운동을 다 찾아다니기 시작했어요. 필라테스, 요가, P.T. 등 좋다는 선생님들 수소문해서 개인 레슨으로 다 배워봤어요. 그래도 특별히 좋아진다, 효과가 좋다라고 느끼지는 못했던 거 같아요. 그러다가 아시는 분이 발레가 자세교정에 좋다며 발레를 한번 해보라고 해서 선생님과 개인 레슨을 시작하게 되었어요.

(당시 솔진 님이 어떤 상태였는지 기억이 납니다. 골반이 튀어나와 보이는 게 싫다며 왔는데, 골반이 비뚤어 보이는 게 문제가 아니었어요. 어깨가 골반 위에 있지 않고 옆으로 벗어나 있었어요. 이거는 틀어져 있다거나 삐뚤어져 있다고 하는 수준이 아니라, 몸을 벗어나 있는 느낌이었어요.

똑바로 일자로 걸어보라고 하면, 어깨가 몸 중심을 벗어나 옆으로 뺀 상태로 걷는 모습을 보였습니다. 몸 상태가 그러니 운동이 제대로 됐을 수도 없고, 제대로 움직일 수도 없었으리라는 생각이 들었어요. 전체적으로 몸에 근력이 너무 없었어요. 특히 엉덩이 근육은 아예 없다고 해도 될 정도로 완전 납작한 상태였어요. 이렇게 근육이 없는데 어떻게 걸어 다니냐고 오히려 반문하게 되더라고요.

모든 관절, 특히 고관절의 가동 범위도 너무 좁았어요. 한마디로 유연성이 지나치게 부족했어요. 근육은 없어서 힘을 주지도 못하고 연체동물처럼 흐물거리는데, 관절은 뻣뻣하게 굳어서 잘 움직여지지 않는 상태였어요.

척추는 손으로 만져보니 안에서 3번 정도 휘어져 있었어요. 밖으로 보이는 것보다도 안에서 문제가 더 꼬여있는 상태였죠. 그래서 운동을 정말 잘 알려주어야 했어요.)

라영: 그럼, 발레를 시작하고 무엇이 달라졌나요?

솔진: 발레 개인 레슨을 시작하고, 3~4개월 정도 지나니까 겉으로는 어느 정도 정상인처럼 바뀌었어요. 몸을 벗어나 있던 어깨가 제 위치로 올라왔거든요. 겉으로 보이는 큰 변화들은 6개월도 안 걸렸던 거 같아요. 그렇게 오랫동안 풀 수 없는 문제처럼 여기고 있었는데, 6개월도 안 되서 남들이 볼 때는 정상인처럼 서고 걷고 할 수 있게 되었어요.

그런데 선생님이 척추를 만져보면 아직 안에서는 여러 번 휘어있다고 하셔서 그거를 교정하고, 교정된 자세를 유지하기 위해서 꾸준히 오랫동안 하게 됐어요. 없었던 근육을 만들면서 점점 몸을 잡아가는 과정을 거쳤어요. 어느 날은 앞에서 보면 똑바로 서 있는데 뒤에서 보면 비뚤어져 보이고, 어느 날은 뒤에서 보면 똑바른데 앞에서 보면 비뚤어져 보였어요.

근육 크기가 대칭이 안 맞기 때문에, 척추를 안에서 맞추면 밖에서는 비뚤어져 보인다고 하셨어요. 척추를 일자로 정렬시키는 스트레칭을 하고, 좌우, 앞뒤 모든 근육을 대칭으로 만드는 근력 운동을 했었어요. 그렇게 하다 보니 몸이 잡히기 시작했어요.

예전에는 학교에서 똑바로 앉아 있기가 힘드니까 항상 옆으로 엎드리게 됐었어요. 그런데 근육이 생기니까 수업시간에 앉아 있을 수 있게 되었어요. 그리고 발레를 하기 전에는 걸어다닐 때 넘어질 것 같다는 불안감을 항상 느꼈어요. 실제로도 걷다가 발목이 잘 돌아가고 쉽게 잘 넘어졌었어요. 그런데 똑바로 힘 있게 걸을 수 있게 되니까 걸어다닐 때 넘어질 것 같다는 느낌이 없어졌어요. 발목이 힘없이 흐물거렸는데 발목에도 힘이 많이 생겼어요.

그리고 이건 정말 좀 신기했는데요. 예전에는 혈액

순환이 잘 안되서, 발이 새하얗게 질려있었어요. 발에 진짜 핏기가 없었어요. 그런데 선생님이랑 20분 정도 운동하고 나면 발이 분홍색으로 바뀌어요. 차가웠던 발도 따뜻해졌어요. 그리고 스트레칭을 하고 나면 무거웠던 다리가 가벼워져요.

무엇보다 발레를 하고 나서 엄마가 너무 좋아하세요. 제가 바이올린 레슨을 받을 때 밖에서 보고 있으면 몸이 삐뚤어져 있는 게 항상 맘이 안 좋으셨대요. 그런데 똑바로 서서 바이올린 레슨을 받고 있는 모습이 너무 감격스럽다고 하시더라고요. 실제로 장애인 될 뻔한 애를 정상인 만들었다고 말씀하세요.

연주회 드레스를 입으면 이제 라인이 달라졌어요. 골반이 튀어 나와서 신경 쓰였던 건 없어졌고요. 어깨가 한쪽이 기울고 삐뚤어져 있었는데 어깨도 일자로 수평이 맞아요. 실제로 예전에는 가방을 메면 계속 흘러내렸거든요. 그런데 이제는 가방이 어깨에 걸려 있어요.

라영: 발레를 하고 나서 바이올린 연주도 달라졌나요?

솔진: 근력이 생기고 관절이 유연해지니까 악기 연주하기가 훨씬 편해졌어요. 소리 내기도 쉬워졌고요. 무엇

보다 똑바로 서서 하니까 오래 연습을 해도 예전처럼 피로하지가 않아요. 그래서 더 오랜 시간 연습을 할 수 있게 됐어요.

게다가 몸의 중심이 맞으니까 왼손이 가벼워져서 왼손 사용이 엄청 자유로워졌어요. 예전보다 훨씬 빠르고 섬세하게 움직일 수 있게 됐어요. 왼손이 막 날아다니는 느낌이 들어요.

라영: 그밖에 또 변화한 게 있나요?

솔진: 예전이랑 달리 이제 제 몸을 체크할 수 있는 감이 생긴 거 같아요. 예전에는 몸이 삐뚤어졌다는 느낌을 전혀 느끼지 못했어요. 그런데 이제는 스스로 체크가 되요.

'지금 내 몸이 삐뚤어져 있구나' '내 중심이 빠져있구나' 그런 게 느껴져요. 그걸 깨달으면 몸을 똑바르게 만들려고 신경을 써요.

그리고 '내가 한쪽 근육만 쓰고 있구나' 그런 인식이 생겨서 너무 한쪽만 쓰면 반대쪽도 같이 사용하려는 노력을 해요.

그래서 혼자서도 상태가 악화되는 것을 예방할 수 있는 능력이 좀 생긴 거 같아요.

풀 수 없을 것 같은 문제를 발레를 만남으로써 해결할 수 있게 되었네요. 솔진님에게 발레는 인생의 중요한 전환점이 되어 준 거 같습니다. 척추 측만이 심했던 만큼 변화를 크게 확인할 수 있었기에, 제게도 큰 의미가 있는 레슨이었던거 같습니다. 그리고 근육이 너무 없어서 거의 무에서 유를 만드는 느낌으로 몸을 만들어갔습니다. 그래서 발레의 몸 만들기 비법이 얼마나 효과적인지를 더욱 확실하게 알 수 있었습니다. 완전히 성인이 되기 전에 만나서, 운동의 효과를 비교적 빠르게 볼 수 있었던 것이 참 다행이었던 거 같습니다. 발레 레슨의 경험을 너무 소중하게 생각하고 인터뷰에 참여해 주어 감사합니다.

딸의 체형 변화를 보고
발레를 시작한 주부

정선영, 경력 1년 미만

40대 주부인 정선영 님의 딸은 무용을 전공했습니다. 덕분에 발레의 효과를 눈으로 먼저 확인했습니다. 그리고 본인도 운동으로 발레를 시작했습니다. 발레를 시작하고 한두 달 만에 상체 라인이 변하는 것을 느꼈고, 그 후 다리 라인이 얇고 길어졌습니다. 더불어 디스크로 인한 허리 통증과 하체 부종이 발레를 하고 나서 없어졌다고 합니다.

라영: 발레를 시작하게 된 시점과 계기가 있나요?

선영: 딸이 무용을 전공해요. 딸이 하는 걸 보니까, 많이 먹

는 아이가 살도 잘 안 찌고, 상체도 우아해지고, 팔, 다리가 길어지는 걸 제가 계속 봐 왔어요. 딸이 하는 걸 보면서 운동으로 너무 괜찮다는 생각이 들어서 저도 시작하게 되었어요.

처음에는 주 2회로 시작했었어요. 근데 한두 달 만에 몸의 변화가 많이 느껴지더라고요. 가장 먼저 목이 길어지고 어깨 라인이 예뻐졌다는 느낌이 났어요. 정말 운동 효과가 있다는 걸 느끼고는 3회로 늘리게 됐죠. 그리고 나서 운동 효과가 정말 좋았어요. 살이 막 빠진 건 아닌데도 하체 라인이 달라지고 입던 바지가 헐렁해졌어요. 너무 좋은 운동이라서 주변 사람들한테 발레 배우라고 엄청 추천하고 다녔어요.

그러다 둘째가 생기면서 한동안 발레를 못했어요. 안 하니까 다시 살이 확 붙더라고요. 둘째 낳고는 관절도 아파서 아예 발레할 생각조차 못 했었어요.

그런데 6개월 정도 지나니까 디스크가 왔지 뭐예요. 그래서 필라테스를 시작했지만 역시 발레하고 싶다는 생각이 들더라고요. 그렇게 다시 발레를 시작하게 됐어요.

라영: 다른 운동이 아닌 발레를 선택한 이유가 있나요?

선영: 발레 레슨을 받기 전에는 맨날 허리가 아팠어요. 앉아 있을 때는 항상 아팠는데 발레 레슨을 시작하고 나서부터는 허리 아픈 게 사라졌어요. 그래서 저희 엄마한테도 발레를 하라고 적극적으로 권하고 있어요. 40대나 50대 디스크가 진짜 많은데, 치료 목적으로도 너무 괜찮은 거 같아요.

그리고 또, 발레는 스트레칭을 잘 시켜줘서 너무 좋아요. 스트레칭이 살 빠지는데 최고인 거 같아요. 특히 하체 부종에 좋은 거 같아요. 예전에 처음 발레 시작할 때 타이트해서 잘 안 들어가던 바지가 쑥쑥 잘 들어가더라고요. 제가 실제로 경험을 해봐서 주변에 붓기 있는 사람들한테 정말 추천을 많이 해요.

라영: 발레로 인해 삶에 새로 생긴 루틴이 있을까요?

선영: 운동 가기 전에 뭘 안 먹어요. 먹고 가면 몸이 무겁다는 게 느껴져서 이제는 진짜 못 먹겠어요. 뭔가 먹으면 손, 발도 붓는 느낌이 들기도 하고요. 이게 습관이 되어서 안 먹고 발레 레슨을 받고 나면 반지가 헐렁해진다든가 붓기가 빠지는 느낌이 들더라고요.

라영: 발레가 정서적으로는 어떤 영향을 끼쳤나요?

선영: 발레를 하면서 내 몸의 변화가 생기고, 스스로 느끼면서 자신감이 생기는 것 같아요. 몸이 더 좋게 변화하는 걸 보면서 '내가 남들과는 다르다', '남들보다 내가 좀 나은 것 같다'라고 느끼는 것 같아요. 나에 대한 신뢰, 사랑, 자부심 같은 걸 느끼게 된 것이지요. 그리고 젊게 산다는 느낌도 들어요. '50대가 돼도 이럴 수 있을까?'라는 생각도 들면서 그럴 수 있도록 지금처럼 꾸준히 몸을 가꾸려고 해요. 50대는 나이에 위축될 수도 있는데 발레를 계속한다면 자신감 있게 살 수 있을 것 같아요. 그렇게 50대에도, 나아가 60대에도 꾸준히 하려고 해요.

딸을 보면서 대리만족하시던 어머니들이 성인 취미 발레가 활성화되면서, 직접 본인이 직접 해보는 경우가 많이 생겨난 거 같아요. 딸이 배우는 곳에서 엄마도 발레를 배우니까, 딸들이 더 좋아하기도 합니다. 딸이 선생님이 돼서 엄마에게 발레를 알려주고 연습시켜 주고 하면서 모녀 사이가 더 가까워졌다는 이야기도 있어요. 모녀가 함께 취미생활을 공유하는 모습이 참 보기가 좋은 거 같습니다.

목이 길어지고, 쇄골 라인이 예뻐지는 것을 저도 성인 발레의 첫 번째 효과로 말씀드려요. 유연한 사람이나 아닌 사람이나 누구나 발레를 시작하면 누리게 되는 효과이고, 다른 곳보다는 효과를 빠르게 눈으로 확인할 수 있는 부위거든요.

그리고 발레를 제대로 잘 배우면 하체 라인이 정말 달라지지요. 발레 전공생들을 본 사람들은 다리가 어쩜 저렇게 기냐고 감탄하는 경우가 많아요. 실제로 다리 길이를 재보면 일반 아이들보다 특별히 긴 것도 아닌데 말이지요. 근육이 라인을 잡아주기 때문에 길어 보이는 착시효과가 생긴 덕분입니다.

선영 님은 딸을 보면서 느끼고, 본인의 몸으로도 발레의 효능을 확인하신 거 같아요. 같은 운동을 통해 딸도 어머니도 예뻐지고 행복해지는 모습이 너무 보기 좋습니다. 발레의 효과를 구체적으로 잘 말씀해 주셔서 궁금해하시는 분들께 도움이 많이 될 거 같습니다.

46세에 발레를 시작한 발레 매니아

박정란, 경력 8년

박정란 님은 에어로빅, 헬스, 필라테스 등 다양한 운동을 경험하다가 발레를 시작했습니다. 마른 체형이었지만 뱃살은 항상 있었는데, 발레를 하고 나서 배 주변 튜브살이 없어졌다고 합니다. 다른 운동을 심도 있게 해보았기에 발레의 효과를 더욱 크게 느꼈고, 더불어 갱년기 우울증 극복에도 도움을 받았다고 합니다. 다른 장르의 춤보다 품위 있는 발레가 성격에 잘 맞아서, 20년이고 30년이고 꾸준히 하게 될 것 같다는 정란 님의 이야기를 만나볼까요?

라영: 46세에 발레를 처음 시작하기가 쉽지 않았을 거 같은데요?

정란: 20대 초반에는 에어로빅을 6년 했었어요. 그러다가 헬스 맛에 빠지게 됐어요. 원래는 몸을 괴롭히는 운동을 좋아하고, 근력 운동을 좋아했거든요. 헬스 개인 레슨도 받고, 운동을 좋아해서 혼자 새벽 운동도 하면서 열심히 운동했었어요.

그러다가 결혼하고 애 둘을 낳으면서 전혀 운동을 못 했죠. 운동에 대한 갈증이 너무 커져서 다시 운동을 시작했어요. 그치만 헬스밖에 할 줄 모르잖아요. 그래서 다시 헬스장에 등록했는데 너무 재미가 없는 거예요. 그래서 필라테스도 가보고, 이것저것 다른 운동도 접해봤는데, 다 단기로만 다니게 되고 재미를 못 붙이겠더라고요.

그러다 발레를 추천받았어요. 그때까지만 해도 발레는 날씬하고 마른 사람만 하는 거라고 여겼었지요. 제가 당시에 46살이었으니, 젊은 사람들만 할 수 있는 운동이라고도 생각했어요.

저는 헬스장 가면 항상 마른 비만형이라는 말을 들었어요. 제가 뚱뚱하진 않은데 뱃살이 튜브형으로 좀 튀어나와 있었거든요. 그러나 '뭐 애 낳은 아줌마가 뱃살은 당연히 다 있는 거 아닌가' 하고 대수롭지 않게 여겼어요. 그때는 제가 몰랐던 거죠. 하여튼 지인이 발레를 추천해 줬을 때 '나는 뱃살 때문에 발레복

110

은 못 입겠다'는 생각이 먼저 들었어요. 그런데 지인이 '아니야 여기는 레깅스에 나시 같은 거 아무거나 입어도 돼' 하면서 한번 와보라고 해서 처음으로 발레학원을 가보게 되었어요.

발레는 생각보다 재밌었고 해볼 만하겠다는 생각이 들었어요. 다른 사람들을 보니까 저 정도는 나도 하지 싶어서 어렵지 않게 발레를 시작하게 되었어요.

라영: 발레의 어떤 매력이 빠지게 되었나요?

정란: 처음에는 발레 선생님의 예쁜 모습에 반해서 발레학원을 다녔던 거 같아요. 수업 시간에 선생님이 다리를 높이 들고 쭉 뻗을 때의 라인이 너무 예쁜 거예요. 선생님 보는 재미로 발레학원을 가는 것 같았어요. 예쁜 선생님에게 반해서, 발레에 반해서, 개인 레슨도 받고 어떨 때는 몇 명 모아서 그룹 레슨도 만들어서 하기도 했어요.

그런데 그 학원이 없어지는 바람에 새로운 발레학원으로 옮겨갔어요.

라영: 새로운 곳의 발레 수업은 어떤 차이가 있었나요?

정란: 새로운 학원은 선생님이 가르치는 실력이 진짜 좋으셨어요. 하나하나 디테일을 놓치지 않고 계속 집요하게 잡으셨죠. 수업 내내 저희한테 와서 몸을 터치하면서 계속 잡아 주셨어요. 처음에는 힘들기도 하고 너무 지루한 거예요. 막 진도를 나가고 싶은데…. 근데 그렇게 몇 개월을 했더니 제가 몸이 딱 서지면서 달라지더라고요. 힘들긴 했어도 효과는 있었어요.

그리고 그다음으로 오게 된 이 학원은 특히 회원들 분위기가 너무 좋은 것 같아요. 젊은 아가씨들이 다들 너무 착하고 예뻐요. 그냥 쳐다만 봐도 흐뭇해져요. 이 나이가 되니 젊음이 그저 다 예뻐 보여요. 그전에는 회원들이 맘에 들어서 다닌 적은 없었는데 이상하게 여기는 회원들이 마음에 드는 거예요. 그래서 혹시라도 그만둘까 봐 열심히 말을 걸고 있어요. (웃음)

라영: 발레 후 몸의 변화는 어떻게 생각하세요?

정란: 처음 1년 동안에 몸의 변화가 가장 큰 것 같아요. 1년째 되는 날 딱 느꼈어요. 어 뱃살 어디 갔지? 배 주변 튜브살은 당연히 있는 건 줄 알았는데, 어느 순간 싹 없어졌더라고요. 배가 쏙 들어갔어요. 다들 이 나이에 배가 납작하니까 놀라요. 처음 시작할 때는 나도 배

가 나와 있었다고, 살이 엄청 잡혔었다고 해도 잘 안 믿어요.

이 나이가 되면 뱃살이 없는 사람이 보통 없잖아요. 다들 뱃살이 고민이라고 하니까 제가 발레를 엄청 추천을 해요. 그런데 다들 "에이, 나는 뚱뚱해서 발레는 못 해. 자기는 날씬하니까 발레할 수 있는 거지…"라고 말해요. 원래 날씬한 게 아니라, 발레를 하다 보니 날씬해 진거라고 아무리 얘기해도 안 믿어요. 그게 참 답답해요.

보기 싫은 뱃살이 고민이라고 하면서 왜 발레는 안 하는지 모르겠어요. 정말 효과가 있는데 말이죠. 뱃살 없애고 싶으면 1년이라도 발레해보는 걸 정말 추천해요. 다른 운동에서 얻지 못한 결과를 얻을 수 있으니까요.

마지막으로 저는, 갱년기를 발레로 잘 이겨내고 있는 거 같아요. 운동을 통해서 건강해지고, 젊은 사람들과 어울리면서 젊어지는 기분이 들기 때문이지요. 제가 해보니까 갱년기 우울증 극복에 발레가 참 좋다는 생각이 들더라고요. 음악도 듣고 우아하게 움직이고 하는 게 기분 전환이 많이 돼요. 라인댄스도 해봤는데 섹시하게 춤춰야 하는 뭐 그런 스타일, 분위기가 저는 잘 안 맞더라고요. 저는 발레가 제게 주는 느낌이 정말 좋아요. 그래서 20년, 30년 후에도 할 수 있을 때까지 계속하게 될 거 같아요.

다른 운동을 많이 해보셔서 비교가 딱 되시는 거 같아요. 저도 나이가 들어보니 발레의 가장 큰 효과는 배가 납작해지는 효과라는 생각이 들더라고요. 다른 운동으로는 도저히 해결이 안 됐는데 발레는 그게 가능하다는 걸 알았죠.

게다가 발레는 음악과 함께하면서 춤을 추기 때문에 갱년기 우울증 극복에 참 적절한 운동이라는 생각이 듭니다. 중년 이후의 취미 생활을 하러 가면, 분위기가 잘 안 맞는 경우가 있죠. 활력을 얻고 싶긴 한데 분위기가 좀 다른 무언가를 찾게 되는 분들이 있습니다. 그런 분들에게 특히 발레가 참 적당하다는 생각이 들어요. 적당히 품위 있고 격식 있으면서도, 운동도 되고, 소녀처럼 순수해지기도 하고… 너무 과격하거나 요란한 운동이 잘 맞지 않는 분, 또는 요가나 필라테스처럼 너무 정적인 운동이 맞지 않는 분들이 해보면 발레가 내 반려 운동이었구나, 하고 알게 될지도 모르겠습니다.

발레복의 정석이라 하면 타이츠(타이즈), 레오타드, 발레 슈즈 그리고 스커트를 빼놓을 수 없죠. 우선 타이츠는 다리를 길고 우아하게 보이게 해주는 동시에 근육을 지지해 줍니다. 레오타드는 몸에 밀착되어 움직임을 잘 보여주며, 다양한 동작을 할 때도 흘러내리거나 움직이지 않아 발레리나가 동작에 집중할 수 있게 합니다. 발레 슈즈는 발의 모양을 자연스럽게 드러내고 바닥을 잘 잡아줍니다. 스커트는 발레 동작을 더 아름답게 보이게 하여 표현력을 높여줍니다. 이러한 발레복은 아름답고 실용적이지요.

그런데 발레복 입기를 부담스러워하는 분들이 많습니다. 몸에 딱 붙어 뚱뚱해 보인다는 우려 때문입니다. 그러나 발레복은 몸에 딱 붙어야 합니다. 섬세한 근육 사용과 몸의 라인을 중요시하는 움직임이기 때문입니다. 몸에 붙는 옷을 입어야 선생님이 자세와 동작을 정확히 볼 수 있어 정확한 지도를 받을 수 있고, 수강생도 자신의 몸을 더 잘 느낄 수 있어 더 정교한 연습을 할 수 있습니다. 밝은색 무용복은 잔근육까지 정확하게 보이기 때문에 정확한 지도와 연습을 위한 바람직한 복장입니다. 그리고 조명 아래에서 핑크나 하얀색은 부드럽고 깨끗한 이미지를 주어 발레의 우아함을 한층 더해 주므로 심리적으로도 긍정적인 에너지를 줍니다.

처음 발레복이 부담스러우신 분들은 어두운색부터 시작해서 점점 밝은 색으로, 몸을 많이 가리는 디자인에서 노출이 많아지는 디자인으로 점점 바꾸게 되실거예요

발레는 몸과 마음의 균형을 잡아주는 아름다운 예술입니다. 발레복을 잘 선택하고, 자기 몸에 맞게 입는다면 더욱 자신감 넘치고 행복하게 춤을 출 수 있을 것입니다. 나를 가장 우아하게 표현할 수 있는 발레복을 자신 있게 입어주세요.

발레 음악으로 힐링하는 직장인

민희선, 경력 6년

민희선 님은 발레 음악이 좋아서 직장 일을 마치고 저녁 시간을 이용해 발레를 하고 있습니다. 다른 운동은 하루의 스트레스를 해소하는 느낌이 아니었는데, 발레는 좋은 음악을 듣고, 운동까지 되니까, 몸도 마음도 힐링 되고 재충전이 되는 시간이라고 합니다. 발레를 시작하고 춤을 추는 즐거움을 깨닫고, 클래식 음악이 주는 행복감을 느끼고 있다고 합니다.

라영: 다른 운동이 아닌 발레를 선택한 이유가 있나요?

회선: 저는 등산을 좋아하거든요. 그런데 상황이 산에 가기

가 쉽지가 않더라고요. 산에 갈 수 없어서 다른 운동을 생각하기 시작했어요. 그런데 주변에서 헬스는 벌받는 것 같다는 말을 많이 해서, 헬스 말고 다른 운동을 생각하려고 했었죠. 필라테스, 요가도 잠깐 해 봤는데, 발레는 음악이 있으니까 다르더라고요. 음악도 듣고 운동도 하고 1석 2조 같은 느낌이 들었어요. 몰랐는데 발레는 수업 시간에 트는 음악이 너무 좋더라고요. 아마도 발레를 선택하게 된 가장 큰 이유는 발레 음악 때문인 것 같아요.

라영: 발레와 다른 운동의 차이점은 무엇인가요?

회선: 아무래도 다른 운동과 가장 큰 차이는 음악이라고 생각해요. 하루 종일 직장에서 시달리다가 저녁에 운동하러 가면 하루의 스트레스를 좀 풀고 싶은 기분인데, 필라테스를 가면 뭔가 해소되는 기분이 없었어요. 제게 필라테스는 맞지 않았어요.

그런데 발레는 일단 음악을 틀어주니까 너무 힐링이 되더라고요. 특히 성탄 시즌에 선생님이 캐롤로 된 발레 음악을 틀어주시는데 그 음악이 너무 좋아서 기분이 굉장히 업 되는 걸 느꼈어요. 피아노 연주를 듣고 있으면 하루 종일 지쳐있던 마음이 힐링 되는 느낌이 들어요.

발레를 시작하고 '아, 내가 춤추는 걸 참 좋아하는 사람이었지'라는 걸 다시 깨닫게 되었어요. 춤을 추는 건 참 행복해지는 일이라는 걸 다시금 느끼고 있어요. 춤을 추다 보면 골치 아팠던 일들은 다 잊게 되고, 원초적인 행복감 같은 게 올라오는 거 같아요.

바쁘고 지치는 일상을 살다가 저녁에 발레를 하러 가서 내 몸에 쌓여있던 스트레스를 싹 씻어내요. 음악도 듣고, 운동도 하고 나면, 몸도 마음도 다시 재충전되는 것 같더라고요. 저녁 발레 시간은 일상의 스트레스를 해소해 주는 너무 소중한 시간이에요.

라영: 발레가 만들어 준 습관이 있나요?

회선: 발레를 하면서 클래식 음악을 가까이하게 된 게 좋은 습관인 거 같아요. 집에 있을 때도 이제는 발레 음악을 들어요. 수업 때 들었던 음악을 집안일 하면서 다시 듣고요. 발레 음악은 멜로디도 좋고 빠르기도 듣기에 편안해서 좋아요. 듣고 있으면 그냥 기분이 좋아지죠.

학원에 결석하지 않고 무조건 출석하는 습관도 큰 변화예요. 발레를 진심으로 좋아하기 전에는 오늘 운동하러 갈까 말까를 고민하다가 가는 거였다면, 이제는 당연히 가는 게 되었어요. 고민 없이, 이유 없이, 무조건 발레는 가는 거예요. 예를 들어 직장 동료가 오늘 저녁 시간 되냐고 물어보면 이제는 고민 없이 "오늘 발레 가는 날이야"라고 말하고, 발레 레슨을 가요. 발레를 가장 우선하는 습관이 생겼어요.

왜냐하면 발레 시간은 나를 위한 시간이기 때문에 나에게 가장 소중한 시간이거든요. 그래서 이제는 가장 먼저 발레 레슨을 세팅해 놓는 습관이 생겼어요.

라영: 그 외 발레가 좋은 이유가 더 있을까요?

회선: 발레는 정신적으로도, 육체적으로도 나에게 긍정적인 영향을 많이 줘요. 그리고 좋은 사람들과 교류할 수도 있어요. 발레를 하고 나서 회원들과 수다 떨고 헤어지는 것도 나름의 힐링이에요. 그래서 발레 가는 게 더 즐거워지는 것 같아요.

그리고 제가 회사에서 중간 관리자가 되어 회사 직원들과 소통이 어려울 때가 있었는데, 직원들과 연령대가 비슷한 발레 메이트들에게 힌트를 얻은 적도 있어요. 다른 연령대들과 소통하는 법을 배운 것도 발레를 통해 얻게 된 보너스 같아요.

발레 음악은 정말 좋죠. 발레 클래스에서 사용하는 음악들은 보통 이미 좋은 음악들을 클래스용으로 편곡을 한 경우가 많습니다. 그러다 보니 사람들이 좋아할 수밖에요. 클래스 음악이 아닌 클래식 작품 음악들도, 발레 음악은 대부분 멜로디가 좋고 곡에 맞춰 춤을 춰야 하다 보니 빠르기도 듣기에 편안합니다.

클래식 음악을 듣는 것만으로도 정서적 치유의 효과가 있다는 연구 결과는 수없이 많아요. 거기에 더해 발레는 몸을 움직이면서 오는 치유의 효과, 또 몸으로 표현하면 해소되는 예술 치료의 효과가 더해져서, 마음의 힐링, 몸의 힐링에는 정말 효과적인 운동이지요.

몸의 변화 등 다른 이야기도 많이 하셨지만 다른 분들과 겹치는 내용이 많아서 '발레 음악'을 중심으로 정리했습니다. 좋은 말씀 너무 감사드립니다.

Interview 5 발레는 세계 공통 언어

코타니 유키, 경력 10년 이상

코타니 유키님은 한국말을 전혀 하지 못할 때 한국에 와서 발레학원부터 찾았다고 합니다. 어려서부터 했던 발레 덕분에, 언어가 전혀 통하지 않는 한국에서도 안정감을 느끼고 친구를 사귈 수 있는 공간이 생기게 되었답니다.

한국으로 시집온 후로는 발레학원이 안정감을 주는 나의 공간이 되어 준다고 합니다. 코타니 님에게 발레 시간은 생각과 고민이 싹 사라지는 몰입의 시간, 힐링의 시간입니다. 30대가 넘어서니 이런 나만의 시간이 꼭 필요했다는 것을 깨달았다는데, 더 자세한 이야기를 들어볼까요?

라영: 유키 님은 한국에 사는 외국인으로서 더욱 발레가 특별하다고 하셨는데요, 더 이야기를 들려주실 수 있을까요?

코타니: 저는 20살 때 한국어를 전혀 모를 때 3개월 정도 한국에 유학을 왔었어요. 말이 전혀 통하지 않는 타지에 혼자 있다 보니 외로웠죠. 문득 한국말을 못 해도 발레는 할 수 있지 않을까 하는 생각이 들었어요. 어릴 때부터 쭉 발레를 취미로 해왔기 때문에 발레를 하고 싶다는 생각이 들기도 했고요.

발레 용어는 세계 어느 나라를 가도 똑같으니까 한국에서도 발레 수업은 가능할 것 같았다는 생각을 했어요. 그리고 발레 수업에서는 한국말을 못 해도 친구를 사귈 수도 있을 것 같았어요.

그래서 집 근처에서 '발레'라는 간판을 무작정 찾아서 들어갔어요. 번역기를 돌려 보여주고, 영어도 섞어가면서 겨우겨우 등록했고 이내 수업을 들을 수 있었어요. 한국어를 전혀 몰랐지만 역시 발레 수업을 듣는 데는 아무 문제가 없었어요. 지금도 선생님의 말을 다 알아들을 수는 없지만 발레 수업은 문제없이 잘 따라가고 있어요.

라영: 발레를 꾸준하게 하고 계신 이유가 무엇일까요?

코타니: 저는 한국에 시집왔어요. 한국에 친구가 있는 것도
　　　 아니고, 한국어를 잘하는 것도 아니다 보니 한국어
　　　 를 몰라도 할 수 있는 취미가 필요했어요. 저는 뜨
　　　 개질도 좋아했고 계속하고 배우고 싶었는데, 한국
　　　 어로 뜨개질을 배우는 건 너무 어렵더라고요.
　　　 그런데 발레는 일본에서 사용하던 용어랑 다 똑같
　　　 았어요. 일본에서 해오던 발레 수업과 크게 다르지
　　　 않았기 때문에 한국어를 몰라도 전혀 문제가 되지
　　　 않았어요. 다 못 알아듣더라도 예전에 일본에서 선
　　　 생님이 해주셨던 말과 비슷한 말을 하고 계신 것 같
　　　 아서 대충 알아 듣겠더라고요. 10년 전, 20년 전 일
　　　 본에서 듣던 이야기를 또 들으니까 옛날 생각도 나
　　　 고 해서 좋아요. 그리고 한국어로 들으니까 또 새롭
　　　 고 다시 잘 배우는 느낌이 들면서 발레가 재밌어요.
　　　 지금은 발레를 배우면서 한국어도 함께 공부하고
　　　 있어요. 발레 시간에 선생님이 하는 이야기나 회원
　　　 들이 하는 이야기를 들으면서 한국어를 익히는 것
　　　 이지요. 선생님이 수업 시간에 자주 하시는 말은 반
　　　 복해 보기도 해요. 이렇게 한국어를 배우는 게 재밌
　　　 어요. 저는 발레 시간에 발레와 한국어를 동시에 배

우고 있답니다.

한국에서 발레를 다시 시작하면서, 집 안이랑 직장 말고도 제게 또 하나의 장소가 생긴 느낌이에요. 내가 갈 수 있는 발레 연습실이 있다는 사실이 마음에 안정감을 주지요. 적어도 발레학원에서는 제가 외국인이라는 느낌이 들지 않아요. 모든 것이 익숙하고 편안하고 나를 인정해주는 느낌이에요.

발레는 저에게 집중하고 온전히 몰입하게 해줘서 좋아요. 음악을 듣고 춤을 추다 보면 몸도 풀리고 그래서 마음도 풀리는 느낌이에요. 발레를 하는 동안은 머리 아픈 생각들은 다 잊어버리게 돼요. 다른 생각은 하나도 하지 않고 그저 발레에만 집중할 수 있어서 좋아요. 스트레스가 많아진 30대에 발레를 다시 시작하고 나서, 나한테는 이런 집중의 시간, 몰입의 시간이 필요 했었구나를 깨닫고 있어요.

라영: 콩쿠르에 도전하게 된 계기가 있나요?

코타니: 초반에 다닐 때는 별생각이 없었는데 어느 순간 다시 무대에 서보고 싶다는 생각이 들었어요. 일본에서는 꾸준히 공연을 해왔었거든요.

일본에서는 꼭 전공생이 아니더라도 꾸준하게 발

레를 해요. 비전공자들도 공연도 하고 콩쿠르도 참여해요. 저도 4살 때인가 아주 어릴 때 발레를 시작해서, 20살이 될 때까지 꾸준히 발레를 했어요. 중, 고등학교 때도 꾸준히 발레 수업에 참여하고, 1년에 한 번씩 학원 발표회 공연도 했어요. 5~6년 정도는 콩쿠르에도 참여했었어요. 저 뿐만이 아니라 그렇게 하는 사람이 일본에는 많이 있어요. 고등학교 때까지 발레를 했다고 무용을 전공하는 건 아니에요. 발레리나가 된 친구보다 다른 전공을 하는 친구들이 더 많아요. 간호사가 된 친구, 선생님이 된 친구 등등 전공은 각자 다 달라요.

저는 원래 무대보다는 연습과 레슨을 좋아하는 사람이에요. 그래서 특별히 무대에 서야지 하는 생각은 없었는데 요즘 다시 발레를 하다 보니까 오랜만에 다시 무대에 한번 서 봐야겠다는 생각이 들더라고요. 그래서 콩쿠르를 나가보겠다고 얘기하게 됐어요. 지금도 콩쿠르를 위해 작품을 배우고 레슨을 받는 시간을 더 즐기고 있는 거 같아요.

라영: 발레를 하면서 생긴 습관이 있나요?

코타니: 유튜브로 발레 작품을 많이 찾아보게 되는 거 같아

요. 지금 콩쿠르에 나가기 위해서 '그랑파 클래식'이라는 안무를 받아서 연습하고 있는데요, 너무 어려워서 유튜브를 많이 찾아봐요. 다른 사람들이 하는 걸 보면서 연구하기 위해서 열심히 보는 것이지요. 그러다 보니 그랑파 클래식뿐만이 아니라, 다른 클래식 발레 작품들도 많이 보게 되었어요.

이제는 유튜브로 콩쿠르 작품 보는 게 취미처럼 된 거 같아요. 다양한 작품을 보고, 다양한 사람들의 춤을 보는 게 재밌더라고요.

발레는 세계 공통 언어이기 때문에, 발레를 할 수 있다는 건 또 하나의 언어를 갖는 것과 비슷하다고 항상 생각하고 있었어요. 발레를 알면 세계 어느 나라에 가서도 발레 수업을 들을 수 있고, 발레 안에서는 어느 나라 사람들과도 친구가 될 수도 있죠. 해외에서 발레레슨 등의 직업을 가질 수도 있습니다.

저는 어릴 때 발레를 배워 두면 좋은 이유 중 하나로 세계 어느 곳에서든 통용되는 언어를 하나 갖게 된다는 생각을 가지고 있어서 우리 딸에게도, 다른 아이들에게도 발레를 추천해 왔습니다. 또한 해외 생활에서 외로울 때 안정감을 느낄 수 있는 건강한 취미가 되어 줄 수 있다고도 늘 생각하고 있었습니다.

제가 생각하고 있던 장점을 그대로 실천하고 느낀 산 증인이 코타니 님이시네요. 제 생각이 틀리지 않았다는 걸 직접 보니까 너무 반갑습니다. 더불어 우리보다 활성화되어 있는 일본의 발레 문화를 알려주셔서 더욱 가치 있는 인터뷰 시간이었습니다.

발레 무대에 서는 것은
최고로 행복한 설렘

안은지, 경력 2년

은지 님은 서울발레시어터Seoul Ballet Theatre가 운영하는 성인 아마추어 발레단 '마이 에뚜왈'에서 활동하는 단원입니다. 무대에서 발레를 공연한다는 것, 특히나 클래식 발레 전막˚ 공연을 한다는 것은 매우 특별한 경험이지요. 발레단 활동을 통해 취미의 경지를 넘어서 전문성 있게 진짜 발레를 즐기고 있는 은지 님의 삶을 들어보았습니다.

라영: 아마추어 발레단 '마이 에뚜왈'에는 어떻게 입단하게 되셨나요?

˚ 전체 작품. 발레의 모든 장면과 막을 포함하는 완전한 공연을 뜻한다. 영어로는 Full performance 등으로 불린다.

은지: 제가 다니고 있던 발레학원에서 주최하는 발레 공연이 있어서 처음으로 무대에 오르게 되었어요. 그때 처음 무대에 서보니, 뭐라 설명할 수 없는 엄청난 설렘, 벅참 같은 걸 느꼈어요. 너무 즐거웠고 행복했었어요. 그래서 공연이 끝나고 나니까 다시 무대에 서고 싶다는 마음이 자연스럽게 올라오더라고요. 그러던 중에 SNS 광고로 성인 아마추어 발레단 오디션 공고가 떴어요. 평소 하고 싶은 것이 생기면 그걸 끝까지 다 해보는 성격이라서, 도전해 보기로 했죠.

당시 저는 발레를 시작한 지 2년 정도밖에 되지 않았지만, 발레를 시작하고는 주 4회 이상 학원에 출석하며 열심히 하고 있었어요. 마이 에뚜왈 발레단 오디션을 앞두고는 한 달 동안 하루도 쉬지 않고 거의 하루 종일 발레만 하며 오디션을 준비했어요.

라영: 입단 오디션은 어떠셨나요?

은지: 오디션을 보기 전에 SNS 등에 올라와 있는 과거 오디션 순서와 경험담을 찾아보면서 용기를 갖고 열심히 준비했었어요. 당일 안무 순서를 받아서 바로 외워서 시연해야 하고, 무엇보다 토슈즈를 신고 동작을 해야 했기에 부담이 컸었어요.

오디션은 바와 앙쉐르망센터으로 진행됐어요. 앙쉐르망 순서를 받고, 연습 시간을 30분 정도 주셔서 그사이에 순서를 외우고 연습해서 심사위원들 앞에서 시연을 했죠. 7~8명 정도가 함께 오디션에 참가했었는데, 다들 잘하시더라고요. 아무래도 토슈즈를 신고, 당일 순서를 외워서 하는 오디션이다 보니 실력파인 분들만 오신 것 같았어요. 다들 너무 잘하셔서 합격할 수 있을까 긴장했지요.

다행히 합격을 해서 너무 기뻤어요. 그리고 저는 이번 〈슬리핑 뷰티〉 전막 공연에서 군무뿐만이 아니라, 영광스럽게도 고양이 역까지 맡게 되어서 더욱 감사했어요.

라영: 발레단 공연 연습은 어떠셨나요?

은지: 진짜 너무 감사하고 너무 좋고 행복한데, 연습하면서 제 자신에 대한 자괴감이 솔직히 많이 들었어요. 선생님들이 정말 열심히 가르쳐 주시거든요. 그런데 제가 머리로는 되는데 몸이 마음처럼 안 되는 거예요. 예를 들면 나는 가슴을 내민다고 내밀었는데 거울을 보면 안 내밀어져 있고…. 내 생각과 몸이 다르다는 것에서 오는 자괴감이 수시로 들긴 했었어요.

그럼에도 불구하고 발레를 하고, 공연 연습을 하는 일은 무엇과도 비교할 수 없는 행복감을 제게 안겨주어요. 클래식 발레 전막 공연은 학원 클래스나 발표회에서는 배울 수 없는 차원의 것들이잖아요. 그래서 저희에게는 어렵기도 하지만, 그래도 선생님이 "맞아요! 그거예요!" 이 한마디 해주시면 '이번에는 됐구나'라는 생각이 들었어요. 힘들지만 엄청 보람을 느껴요.

한편으로는 아무리 아마추어라고 하더라도, 발레단이라는 이름으로 무대에 작품을 올리기 때문에 책임감이 커요. 약간 무리가 되더라도 수행해내기 위해 노력해야 하는 부분이 있지요. 그래서 발레단 활동을 하다 보면 취미라고 하더라도 확실히 전문성 있게 하게 돼요. 그렇게 하다 보니 발레를 통해서 내 몸도 바뀌고, 또 마음 자세도 많이 바뀌었어요. 그리고 그 덕분에 제 삶도 많이 바뀌더라고요.

라영: 공연 무대에 선 느낌은 어떠셨어요?

은지: 처음 서곡이 흘러나올 때는 가슴이 벅차올라서 눈물이 날 것만 같았어요. 군무를 출 때는 사람들과 함께 호흡하며 공연하는 것이 든든하면서 즐거웠고, 고양이 역을 할 때는 스포트라이트를 받는 느낌을 또 즐겼어요.

내가 이런 멋진 무대에서 발레를 할 수 있다는 사실에 너무나 감사했어요. 돈을 내고 티켓을 사서 공연을 보러오신 분들을 실망시키지 않기 위해 잘하고 싶었었어요. 그래서 긴장도 많이 했지만 또 그만큼 재밌었어요.

무대에 서면 모든 시선이 저에게 집중되잖아요. 그 순간에는 마치 주인공이 된 듯한 특별한 기분이 들어요. 이런 경험은 일상생활에서는 쉽게 느낄 수 없잖아요. 이것이 무대에 서는 자가 경험할 수 있는 매력인 것 같아요. 그래서 앞으로도 할 수만 있다면 쭉 계속 발레 공연을 하고 싶어요.

공연이 끝나고 저를 보러 온 지인들로부터 칭찬을 많이 들었어요. 아마추어 공연이라 하기에는 너무나 전문적으로 잘했고, 또 재밌게 잘 봤다고 하더라고요. 기대 이상이었다며 많이 응원해 주셨어요. 그 동안 노력했던 시간들이 헛되지 않은 것 같아서 너무 뿌듯했습니다.

라영: 발레단 활동하고 나서 무엇이 달라졌나요?

은지: 발레를 하면서 인생을 배우고 있어요. 나를 사랑할 수 있는 방법이 뭐가 있는지, 어떻게 하는 것이 나를

사랑하는 것인지를 발레를 통해 배웠어요. 덩달아 삶의 만족도도 많이 올라가고 자존감도 높아졌지요. 발레단에 들어온 덕분에 이제까지와는 다른 차원의 행복을 느낄 수 있는 것 같아요. 물론 공연을 올리는 과정에서 겪는 어려움도 많아요. 그런데 어려움 속에서도 뿌듯함과 내면의 단단함 같은 양질의 행복을 얻었어요.

사실 이번에 총리허설을 하다가 발목 인대가 손상되는 부상을 입었어요. 발목이 접질렸을 때 엄청 아팠지만, 모든 스텝과 무용수들이 나를 보고 있었기에 아픈 티도 내지 못하고 계속 리허설할 수밖에 없었어요. 다음날 병원에 가니 절대 발레하지 말라고 했지만, 어떻게 그래요. 진통제 엄청 먹고 리허설도 공연도 다 했어요. 그렇게 오른 무대에서는 정말 단 하나도 아프지 않았어요. 다만 끝나고 나니 발목이 많이 붓고 많이 아프긴 하더라고요. 그렇게 아픈데도 좋아요. 발레하는 게 너무 행복해요. 하면 할수록 더욱 그 매력에 빠지게 되는 것 같아요.

제게는 아빠가 돌아가시고 마음을 잡지 못해 힘든 시기가 있었어요. 그때 이러다 큰일 나겠다 싶어서 발레를 하면서 발레에 집중했어요. 그러면서 힘든 마음이 다 치유되고, 삶의 행복감을 너무 많이 느끼며 삽

니다. 발레를 좋아하는 사람들과 함께 살아가는 기쁨
도 너무나 큽니다. 공연 연습을 하면서 서로를 응원
하고 지지해 주며 동료애가 많이 커지지요. 함께 마
음을 나누는 시간 속에서 가족 이상의 친밀감을 느끼
는 것 같아요. 이제는 발레 메이트들이 제 2의 가족이
되었다고 생각해요.

이제 발레는 제 인생의 80% 이상을 차지하는 가장
중요한 부분이 된 것 같습니다.

아마추어 발레단은 성인 발레, 취미 발레의 '끝' 혹은 '정점'이라고
할 수 있죠. 발레의 모든 요소들은 결국 무대에서 종합 예술로써
그 빛을 발하게 되는 것이니까요. 아름다운 몸, 멋진 움직임, 화려
한 의상, 환상적인 무대, 눈부신 조명 등으로 완성되는 발레는 더
이상 운동이라 말할 수 없지요. 진정 예술로 완성되는 순간이라고
할 수 있습니다.

발레 무대 공연은 일상에는 느껴 볼 수 있는 감정과 경험을 제공
합니다. 그리고 함께 군무를 추고 하나의 무대를 완성시키는 과정
에서 소속감과 끈끈한 유대감을 형성해 줍니다. 이것이 점점 더
개인주의가 되어가는 사회 속에서 발레가 줄 수 있는 큰 장점이
라고 할 수 있겠지요.

앞으로도 발레 공연 활동 꾸준히 잘 해주시기를 바라며, 많은 취

발러 분들이 궁금해 하는 내용을 솔직하고 자세히 말해 주셔서 감사드립니다.

발레는 고귀한 운동이자 예술

노누리, 경력 1년

누리 님은 미술을 전공하며 예중·예고 시절부터 발레를 접해 왔습니다. 직접 '하는 발레'가 아닌 '보는 발레'를 통해 발레를 사랑하게 된 미술가입니다. 발레를 움직이는 예술의 관점으로 바라보기에 발레 움직임에서 감동을 느끼는 발레 애호가랍니다. 발레 공연을 보다가, 발레용품을 수집하고, 마지막으로 발레를 직접 배워보는 과정을 거쳤습니다. 그녀는 발레를 운동이라 표현하기를 아까워합니다. 발레는 고귀한 예술이라고 말합니다.

라영: 발레는 어떻게 시작했나요?

누리: 제가 미술 전공이다 보니, 예중·예고 때부터 발레하는 친구들을 많이 보아왔어요. 친구들 중에는 프로 발레리나들도 여럿 있어서 자연스럽게 발레 공연도 자주 보았어요. 안 본 발레 공연이 거의 없을 정도로 발레 공연을 많이 보다 보니, 자연스럽게 저도 한 번쯤은 배우고 싶다는 생각을 했던 거 같아요.

더군다나 패션 디자이너 출신이다 보니 패션 아이템에 관심이 많아요. 발레 공연을 많이 보다 보니 아무래도 발레나 발레 의상을 모티브로 한 예쁜 옷이나 가방이나 굿즈 같은 게 눈에 많이 들어오더라고요. 그래서 발레를 배우기도 전에 발레 아이템들을 많이 샀어요. 수입 브랜드는 재고가 빠지면 들어오는 데 오래 걸리니까 일단 먼저 사둔 거죠. 그래서 발레 경력은 길지 않지만, 집에 발레복, 발레 액세서리들이 엄청 많아요.

원래 사람들이 다이어트 목표를 이루기 위해서 예쁜 옷을 먼저 사놓잖아요. 그런 마음으로 발레복을 먼저 사는 거예요. 사놓으면 뭐 언젠가는 하겠지 생각했어요. 마음은 6개월 뒤에 하자. 헬스로 살 좀 빼놓고 가벼워지면 하자. 지금은 몸이 너무 무거우니까 또 뻣뻣하니까. 자꾸 시작할 수 없는 이유가 생기면서 시작이 좀 늦어지긴 했지만, 그래도 지금은 사두었던 예쁜 발레복들을 요즘 입으며 즐기고 있어요.

라영: 모든 발레 공연을 다 볼 정도로 발레 공연을 좋아하는 이유가 있나요?

누리: 20대 들어서 회사 생활을 하면서 특히 발레 공연을 열심히 봤어요. 회사 생활의 답답함을 발레 공연을 보면서 풀었던 거 같아요. 그때는 발레 공연 보는 게 제 삶의 제일 큰 낙이었어요. 클래식 발레부터 창작 발레까지 장르를 가리지 않고 모든 공연은 거의 다 보러 다녔어요.

호두까기 인형이나 백조의 호수 등등 클래식 발레는 잘 알고 익숙해서 재밌었다면, 창작 발레는 경이로움을 느끼면서 봤던 거 같아요.

특히 저는 국립발레단의 〈허난설헌-수월경화〉가 너무 좋았어요. 제가 그림을 그리다 보니까 그림처럼 움직이는 발레의 매력에 완전히 빠져버렸어요. 영상을 보여주면서 뒷무대에 그려지는 먹선에 맞춰서 칼군무를 하는데, 그 발레 움직임이 서예의 한 획을 긋는 것 같은 전율이 느껴졌어요. 조명 아래에서 조각같이 움직이는 무용수들이 너무 감탄스러웠어요.

저는 무대 미술, 의상에도 관심 많은데, 그 모든 무대의 요소들이 합쳐져서 하나의 완벽한 움직이는 예술 작품을 본 거 같았어요. 사람의 몸 선이 이토록 아름다울 수 있다는 부분이 너무 감동이었죠.

라영: 발레에서 특별한 동경을 느끼나요?

누리: 인간의 한계를 넘어서는 장르라는 생각이 들어요. 솔직히 저는 발레리나의 움직임들이 정말 대단하고 경이롭다고 생각해요. 저는 어렸을 때부터 발레 전공하는 친구들의 생활을 보아왔잖아요. 그래서 더욱 존경스러운 마음이 있어요.

항상 힘들게 다이어트 하고, 몸이 부서져라 연습하고, 마사지 같은 것도 꼬박꼬박 받아야 하고…. 하여튼 항상 똥머리하고 발레 타이츠 신고 다니는 발레 파트 아이들을 보며, 다른 별에서 온 것 같은 다른 종족으로 느껴지는 동경 비슷한 게 있었던 거 같아요.

발레하는 예쁜 친구들을 보면서, 그리고 발레 움직임의 아름다움을 보면서, 그런 아름다운 매력 때문에 발레를 배우고 싶다는 마음을 갖게 된 거 같습니다.

라영: 바라만 보던 발레를 직접 배워보니 어떤가요?

누리: 제가 마라톤, 등산, 크로스핏, 자전거, 헬스에 개인 PT도 3년 했었고, 필라테스도 개인 레슨으로 7년 정도 했고, 요가원도 한 10년 가까이 다녔어요. 제가 회사 다닐 때는 출근 전에는 요가원, 퇴근하면 필라테스

센터를 갔었어요. 그런데 발레는 제가 했던 운동 중 가장 고난도 같아요. 어렵다는 게 제일 오래 꾸준히 해야 하는 운동이란 뜻이에요. 다른 운동들 예를 들어 마라톤도 메달 한 5개 따니까 재미없고, 필라테스도 한 7년 하니까 저보다 못하는 선생님이 생겼어요. 헬스도 한 3년 개인 P.T.를 받아봤는데, 기구도 다 써봤고 여자가 무게 치는 데는 한계가 있고 하니까 재미가 없어지더라고요. 그러니까 제 말은 모든 운동이 어느 정도 하니까 상급자가 되면서 더 이상 재미가 없어지더라는 거예요.

그런데 유일하게 발레만 그렇지 않았어요. 발레만 유일하게 제가 중급자까지도 못 가고 있어요. 운동을 많이 해본 사람으로서 느낌이 있잖아요. 이건 최소 5년은 해봐야 알 것 같다는 생각이 들었어요. 내가 무리를 해도 갑자기 확 늘 수 없을 거 같은 느낌, 그냥 발레는 평생을 두고 차근차근 배워가야겠다는 느낌을 받았어요. '발레가 안 맞는다.'라는 느낌보다는 마음가짐이 겸손해지고 꾸준해져요.

라영: 발레가 특별하게 느껴지는 이유가 있나요?

누리: 발레는 발레 레오타드 같은 고유의 특별한 복장이 있

으니 더 순결하고 좋아 보여요. 생각해 보면 수영이랑 발레만이 옷이 특별해요. 수영은 물속에 있으니까 그런데, 발레는 공기 중에 있는데도 옷이 특별하죠. 그래서 발레만이 제가 봤을 때는 공기 중에서 할 수 있는 제일 순결하고 고귀한 예술 무용이에요. 저는 발레를 운동이라고 표현하고 싶지 않아요. 운동이라고 하기에는 너무 아까워요. 발레는 다른 운동과 달리 고귀함이 있어요.

누군가에게는 단지 건강을 위한 운동 정도로 발레를 바라볼 수 있고, 누군가에게는 최고의 예술의 경지로 발레를 바라볼 수도 있습니다. 발레가 가진 매력은 바로 이 끝없는 예술의 세계로 들어가기 때문에 단순한 운동에서 끝나지 않습니다. 그래서 꾸준히 할 수 있는 운동이 되어 주고, 좋은 취미가 되어 줍니다.

발레는 인간의 신체가 만들어 낼 수 있는 가장 아름다운 몸 선과 움직임을 보여줍니다. 아름다운 신체의 움직임이 무대 미술과 어우러지는 것이 발레 공연입니다. 그렇게 무대 미술, 음악, 안무가 어우러져 무대에서 하나의 예술 작품이 완성됩니다. 그 경이로운 아름다움을 볼 수 있는 안목 있는 관객이 있어 감사한 마음입니다. 일반인들과는 다른 방향에서 출발하여 발레 매니아가 된 과정을 재밌게 알려주셔서 감사드립니다.

CHAPTER 3

나의 취미, 발레

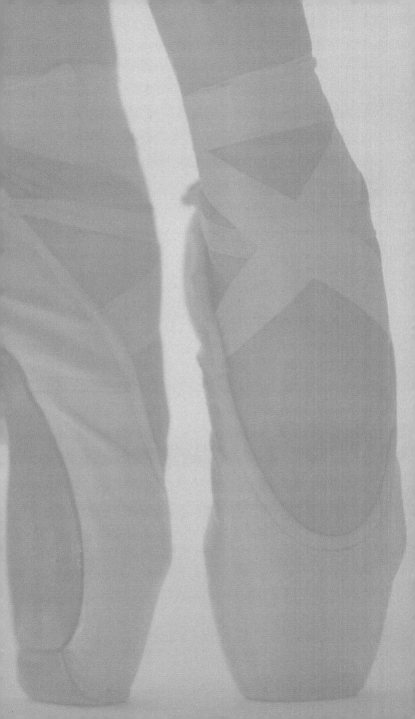

토슈즈 로망

발끝으로 서서 가벼운 움직임을 하는 발레. 그 발레만의 매력을 가능하게 해주는 특별한 신발이 바로 흔히 토슈즈라 부르는 '포 인트 슈즈'입니다. 그런데 신고 싶다고 아무나 신을 수 있는 신 발이 아니기에 발레를 배우는 사람이라면 대부분 토슈즈에 로 망을 갖고 있습니다. 토슈즈에 대해 전혀 모르시는 분이라면, '신발은 돈 주고 사서 신으면 되는 거지. 신고 싶다고 신을 수 있는 것이 아니라니 무슨 말도 안 되는 소리인가?' 싶을 겁니다.

토슈즈가 로망이라고 하는 이유는 '허락된 자', 즉 발레 선생님 으로부터 '승인을 받은 자'만이 신을 수 있기 때문이지요. 선생 님의 승인을 받기 위해서 취발러(취미 발레인)들은 최소 1~2

년 정도 열심히 발레를 하며 실력을 쌓아야 합니다. '선생님의 승인'은 서류적인 것을 의미하는 것은 아닙니다. 토슈즈를 신을 수 있을 만큼의 충분한 근력과 기본기가 갖춰졌다는 것을 선생님께 인정받아야 한다는 말입니다. 선생님의 판단을 따르지 않고, 준비되지 않은 상태에서 토슈즈를 무리해 신으면 바로 부상으로 이어질 수 있습니다.

그래서 '토슈즈를 신을 수 있다'는 사실 자체가 취발러에게는 큰 자부심이 됩니다. 발레 실력에 대한 인증을 받은 것과 같은 의미를 갖기 때문입니다.

토슈즈를 신고 발레를 했을 때 비로소 진짜 발레 움직임의 재미를 느끼게 됩니다. '날아오르는 느낌', '중력을 거스르는 느낌'을 비로소 느낄 수 있습니다. 조금 과장하자면 놀이기구를 탄 것 같은 색다른 기분을 느낄 수 있죠. 토슈즈가 만들어진 이유가 더 높이 더 하늘 위로 올라서고 싶은 욕망 때문이기에, 토슈즈를 통해 더 높이 올라서 보면 다른 움직임이나 춤에서는 느낄 수 없는 무중력 상태 같은 발레의 매력을 알게 됩니다.

토슈즈를 신어보아야 왜 발레 선생님들이 그토록 '풀업을 더 끌어올려라', '무릎을 더 쫙 펴라', '발등을 끝까지 펴라', '발가락 끝에 힘을 줘라'를 목이 아프도록 강조했었는지를 깨닫게 될 겁니다. 클래스에서 지겹도록 했던 기본기가 결국은 무중력 상태처럼 토슈즈 위에 올라서기 위한 방법과 과정이었던 것이죠.

처음부터 이런 완벽한 무중력 상태의 느낌을 받는 것은 쉽지 않습니다. 완벽한 밸런스를 잡고, 더 높이 올라서는 연습을 통해서 진정 '날아오르는' 느낌을 느낄 수 있을 겁니다. 그렇게 설 수 있게 되면 내 몸이 깃털처럼 가볍게 느껴질 겁니다.

나의 첫 토슈즈

저는 초등학교 때 토슈즈를 처음으로 신게 된 날을 기억합니다. 토슈즈를 준비해 오라는 얘기를 듣고, 설레는 맘으로 토슈즈를 사 와서 집에서 혼자서 신어 보았습니다.

"토슈즈를 신으면 발톱이 빠진다.""토슈즈 신으면 발가락이 다까진다." 등등 토슈즈를 신으면 큰 고통이 따른다는 말을 많이 들었기에, 기대 반 두려움 반으로 토슈즈에 발을 밀어 넣었습니다. 원래 토슈즈는 부드럽게 손질하고 나서 신어야 하는데, 손질도 안 된 토슈즈에 발을 집어넣고는 발끝으로 서서 요리조리 왔다 갔다 했었지요. 그런데 두려워했던 것과는 달리 그리 아프지 않다고 느꼈어요. 그냥 꽉 조이는 느낌 정도였죠. 그래서 겁도 없이 '이거 신을 만 할 거 같은데' 하는 자신감이 생겼었습니다.

과거의 저처럼 처음 토슈즈를 신는 초보 발레러들은 '나는 왜 발톱이 빠지지 않을까?'라는 의문을 가지기도 합니다. '남들은 발톱이 빠지고 피멍이 든다는데, 나는 멀쩡한 걸 보니, 발레를 할 수 있는 튼튼한 발을 타고났나 봐'하며 기분 좋은 착각을 하기도 합니다. 하지만 아직 발톱에 멍이 들지 않았다는 건, 발톱에 멍이 들 만큼 연습을 하지 않았다는 말입니다. 아직 그만큼의 연습량이 없었기 때문에 아프지 않았던 것이죠.

발의 굳은살, 멍, 빠진 발톱 등은 한두 시간으로 생기는 것이 아닙니다. 프로 무용수들은 토슈즈를 신고 하루 10시간 이상을 매일매일 연습하고, 어릴 때부터 성인이 될 때까지 몇 십년을 토슈즈를 신어왔습니다. 그래서 취미로 토슈즈를 신는 정도의 시간으로는 강수진의 발처럼 될까 봐 두려워할 필요가 전혀 없습니다.

피범벅인 된 토슈즈

제가 중학생일 때만 해도 요즘 나오는 실리콘으로 만들어진 토씽˚이 없었습니다. 보통 얇은 천 하나로 발가락을 덮어주는 토씽 뿐이었죠. 그래서 저는 발가락의 아픔을 줄여보고자 스타킹을 발가락에 돌돌 감싼 후에, 천 토씽을 덧대서 토슈즈를 신었

˚ toe pads. 토슈즈 안에서 쿠션 역할을 하는 발가락 커버 용품.

습니다. 중학교 때 나온 최고급 토슈즈는 양털로 된 토슈즈였죠.

지금과 같은 기능성 토슈즈가 없던 시절, 직접 겪은 재밌는 사건이 있었습니다. 어느 날 한 해외영화에서 발레리나가 고기를 발가락에 덧대는 것을 보았습니다. 그래서 친구들과 함께 당장 따라 해 보기로 했죠. 정육점에서 쇠고기를 사서 발가락을 다 덮은 다음 토슈즈를 신었습니다. 고기가 두꺼워서 발가락이 너무 비좁고, 또 물컹거리는 느낌이 이상했지만, 조금 도움이 되는 듯도 했어요. 그렇게 한참을 수업을 하며 춤을 추는데…, 수업하던 언니들이 놀라서 나를 멈춰 세웠어요. 언니들은 내 토슈즈를 보며 발에 피가 너무 많이 난다고 괜찮냐고 물었습니다.

토슈즈를 확인해보니 내 토슈즈는 온통 빨갛게 물들어 있었습니다. 내가 발에 넣은 쇠고기 살코기가 좁은 토슈즈 속에서 내 몸무게에 짓눌려, 핏물을 토해내며 내 슈즈를 온통 빨갛게 물들였던 것이죠. 나중에 들은 얘기인데, 그 영화처럼 발레리나가 넣었던 것은 살코기가 아니라, 지방층 비계 부분이었다고 합니다.

이제는 다 지나간 '라떼'의 추억 이야기일 뿐입니다. 요즘은 토슈즈가 두께별로 종류별로 너무 잘 나오고, 테이핑을 할 수 있는 보조적 재료들도 많아져서, 고기를 넣을 일은 아예 없지요. 예전 발레리나들은 지금의 토슈즈보다도 훨씬 딱딱하고 불편한 토슈즈를 신고, 발가락을 보호해 줄 제대로 된 쿠션제도 없는 상태로 토슈즈를 신고 춤을 추었습니다. 그 아픔을 다 참아내고 무대에서는 아름다운 모습만 보여주기에 더 존경심이 생기는 거 같습니다.

못생긴 발은 훈장

발톱이 빠지고 굳은살이 생기는 것이 훈장처럼 느껴진다고 하면 너무 변태 같나요? 하지만 발레를 사랑하는 사람들은 어느 정도 공감할 것이라고 생각합니다.

발레리나의 발에 생긴 울퉁불퉁한 굳은살들은 연습한 시간을 알려주는 나이테처럼 느껴집니다. 강수진의 발 정도가 되려면 아파도 쉬지 않고 참고 또 참으며 토슈즈를 신고 연습했다는 증거입니다. 쉬고 싶을 때 쉬지 않고 자신과의 싸움에서 이긴 승자의 발인 것이죠. 강수진의 그 못난 발이 우리에게 경이롭고 아름답게까지 느껴지는 것은 바로 이 때문이겠지요.

발레리나의 못생긴 발은 고통과 인내의 흔적이며, 그래서 훈장과 같습니다. 절대적 연습량이 만들어 준 훈장이기에 아무나 받을 수 없는 것이지요.

하늘을 떠다니는 듯 아름다운 발레리나의 움직임 뒤에는 그것을 완성 시키기 위해 고통을 감내하고 있는 토슈즈 속의 숨겨진 발가락이 있습니다. 우리는 남들의 아름다운 모습만 눈에 보이겠지만 그 아름다움과 성공 뒤에는 그들이 감내해야만 했던 고통이 반드시 있죠. 토슈즈 속 발레리나의 발가락처럼 숨겨져 있어서 보이지 않았을 뿐이죠.

취미로 발레를 배우고 있다면 토슈즈를 신었을 때 너무 아플까 봐 겁먹을 필요가 없습니다. 연습량이 프로 발레리나와 비교할 수 없어 다행이고, 무엇보다 요즘은 예전과 달리 장비가 좋기 때문입니다. 토슈즈도 예전보다 편안해졌으며, 토슈즈 안에 쿠션 작용을 위해 넣는 '토씽'도 실리콘으로 만들어져 있어서 고통을 많이 줄여줍니다.

한편으로는 수강생들에게 오히려 좀 얇은 토씽을 권하기도 합니다. 요즘 토씽이 너무 편해서 중심을 위로 끌어 올리는 풀업을 대충할 우려가 있기 때문입니다. 토씽이 얇아야 발가락에 가해지는 체중 부담을 줄이기 위해 자연스럽게 중심을 더 위로 끌어올리게 됩니다. 반면, 토씽이 두꺼우면 감각이 차단되어 발이 둔해지기 쉽습니다. 그래서 프로들은 고통을 좀 감수하고 얇은 토씽을 선택하기도 합니다.

울퉁불퉁해진 발을 발레리나의 훈장이라고도 부른다지만, 일부러 못생긴 발을 만들 필요는 없습니다. 단지 아픔을 두려워하는 마음을 버리고 고통을 즐기는 마음으로, 중력을 거슬러 높이 올라서 보기를 권하는 것이지요. 그렇게 하면 그 고통을 잊게 하는 발레의 매력을 온전히 느낄 수 있을 것입니다.

나도 토슈즈를 신을 수 있을까?

"저는 언제쯤 토슈즈를 신을 수 있을까요?" 간단히 대답해 드리면, 최소한 1~2년 정도의 발레 경력이 필요합니다. 토슈즈를 신기 위한 근력이 필요하고, 발레의 기본기도 필요하기 때문이죠. 일단 천슈즈를 신고 동작을 정확히 할 수 있어야, 그다음으로 토슈즈를 신고 더 높이 올라서는 고난도 밸런스를 잡으며 동작할 수 있습니다.

토슈즈를 신을 수 있는 조건을 설명해 드릴게요.

첫째, 발레 풀업pull-up 자세를 유지할 수 있는 '코어 근력'이 있어야 합니다. 몸의 중심을 위로 끌어올리며 설 수 있어야, 발가락을 너무 짓누르지 않고 설 수 있습니다. 만약 중심을 위로 끌어올리지 못한 상태로 발가락에 나의 모든 몸무게를 실어서 춤을 춘다고 상상해 보세요. 작은 발가락들이 너무 힘들지 않을까요? 중심을 가볍게 만들지 못하면 발가락뿐만이 아니라, 발목, 무릎 등의 관절에도 무리가 가서 통증으로 이어질 수 있습니다. 흔히 코르셋 근육*이라 부르는 배 주변의 근육을 강화하여, 중심을 끌어올려 몸을 가볍게 만들 수 있어야 합니다.

둘째, 튼튼한 기둥이 되어줄 '발목과 다리의 근력'이 필요합니다. 발레리나는 발끝을 쭉 뻗어 발을 포인point 한 상태에서 그 발끝 위에 중심을 올려놓습니다. 360도 회전이 가능한 얇은 발목 위에 몸무게 전체를 실어 올리는 것이죠. 그래서 발목에 힘이 없으면 순간 돌아갈 수밖에 없습니다. 그렇기 때문에 충분히 몸이 준비되지 않은 상태로 토슈즈를 신으면 발목 부상으로 이어질 수 있어서 위험하다고 말합니다.

발목이 돌아가지 않기 위해서는 다리를 튼튼하게 뻗을 수 있는 힘이 필요합니다. 무릎을 튼튼하게 펼 수 있는 허벅지와 종아리 근육, 그리고 몸무게를 감당할 수 있는 발목, 발, 발가락의 힘이 필요합니다. 만약 몸무게를 실었을 때 기둥이 힘없이 휘어지거나 접힌다면, 그 위의 집은 무너지겠지요. 그렇기 때문에 모든 몸무게를 실어도 휘어지지 않는 튼튼 기둥을 만들 수 있는 근력을 준비해야 합니다.

● 몸통을 지지하는 복횡근을 말한다. 복부의 가장 안쪽에 위치한 복횡근은, 마치 코르셋처럼 몸통을 둘러싸고 있어 내장을 지지하고 복압을 만들어준다. 또한 자세 유지, 호흡, 순환, 배설 등 내장 기능과도 관련이 있다.

셋째, 업up을 섰을 때 '발등'을 완벽히 펼 수 있어야 합니다. 발레리나는 발등 모양에 신경을 많이 씁니다. 발등을 예쁘게 만들기 위한 워밍업에도 시간을 많이 할애합니다. 발등을 더 많이 튀어나와 보이게 하려는 이유에는 더 길고 아름다운 다리 라인을 보여주기 위함도 있지만, 기능적으로도 발등은 완벽히 펴져야만 합니다.

발등이 완벽하게 펴지지 않으면 토슈즈 위로 올라서 지지가 않습니다. 발가락 끝으로 서기 위해서는 우선은 발등의 각이 완전히 펴져야만 합니다. 그리고 발등이 볼록하게 더 많이 나올수록 더 안정적으로 중심을 잡을 수 있습니다.

그리고 토슈즈 위로 올라섰을 때, 발끝에서 정수리까지 이어지는 수직축이 일자로 곧게 해줍니다. 발등이 완벽하게 펴지지 않으면, 완벽한 축을 만들 수 없지요. 발등을 펴고 일자로 곧은 긴 축을 만들어야만, 발끝 위에서 중심을 잡아 몸의 밸런스를 유지할 수 있고, 그 축을 이용하여 회전을 할 수도 있습니다.

넷째, 천슈즈를 신고 발레 테크닉을 할 수 있어야 합니다. 천슈즈를 신고 업을 설 때는 발가락을 꺾어서 그 위로 올라섭니다. 그런데 토슈즈를 신고 업을 설 때는 발가락 끝 위로 올라서야 합니다. 즉 토슈즈를 신으면 바닥에 닿는 지면은 더 좁아지고,

올라가야 하는 높이는 더 높아집니다. 즉 천슈즈가 2층까지 한 번에 올라가는 거라면, 토슈즈는 한 번에 3층까지 올라서는 것입니다. 2층까지는 당연히 올라갈 수 있어야지, 그다음 단계인 3층도 올라갈 수도 있습니다. 2층도 못 올라가는 사람이 한 번에 3층까지 뛰어오를 수는 없지 않겠어요? 그래서 천슈즈를 신고 발레 테크닉이 가능해졌을 때 토슈즈를 신고 춤출 수 있게 됩니다.

다만, 토슈즈를 신어서 생기는 부상의 위험은 바bar를 잡지 않고, 춤을 출 때를 이야기하는 것입니다. 바를 잡고 제자리에서 조심하며 토슈즈를 신는 것은 성인에게 그리 위험하지 않으니 너무 겁먹을 필요가 없습니다.

완벽하지 않아도 어느 정도 준비가 되었다면 바를 잡고 연습을 시작해도 됩니다. 그러면 토슈즈를 신고 춤을 출 수 있는 코어 근육, 다리와 발목 근육이 강화되고, 발등도 더 많이 펴지게 됩니다. 혼자서 무식하게 용감하게 도전하는 것은 피해야 하지만, 선생님의 지도에 따라 차근차근 함께 연습해 가는 것은 위험하지 않습니다. 그러니 두려워 말고 토슈즈에 도전해 보세요!

발레샵에 들어가면, 마치 작은 보물 창고에 온 것 같은 느낌이 들곤 합니다. 이곳에는 발레에 필요한 다양한 용품들이 가득 차 있습니다. 각 제품이 어떤 역할을 하는지 궁금하지 않으신가요? 주요 용품을 소개합니다.

먼저, 발레 부츠입니다. 발레 부츠는 발레 슈즈나 토슈즈 위에 신는 커버 같은 신발입니다. 그런데 진짜 목적은 발레에서 중요한 발과 발목을 따뜻하게 유지시키고, 보호하여 부상을 예방하기 위함입니다.

다음은 워머입니다. 상체, 하체, 다리 등 레오타드 위에 덧입는 따뜻한 소재의 옷을 말하며, 전신을 감싸는 형태의 점프슈트(우주복)도 있습니다. 발레용 방한복이라고 할 수 있는데, 특히 몸이 다치기 쉬운 추운 겨울에 근육을 따뜻하게 유지해 줘 부상을 예방해 줍니다. 발레 워머가 있어서 추운 날에도 몸을 자유롭게 움직이며 몸을 따뜻하게 데우고 유지할 수 있습니다. 공연장 등 추운 곳에서 몸을 풀어야 할 때는 필수이지만, 히터가 빵빵하게 나오는 따뜻한 연습실에서는 꼭 필요하지는 않습니다.

고 스틱은 초급자들에게는 낯선 제품일 겁니다. 이것은 발레에서 말하는 '예쁜 발'을 만드는 데 도움을 주는 도구입니다. 발등의 각도를 더욱 크게 만들어 발등 고를 높여줍니다. 즉 발의 아치를 강화해서, 발레 동작을 더 우아하고 정교하게 만드는 데 도움을 줍니다. 꾸준히 고 스틱을 사용하면 발등 유연성이 좋아지고, 발의 선도 더 길고 아름다워져 한층 더 우아한 다리 라인을 완성할 수 있습니다.

또 하나의 필수 아이템은 발바닥 마사지를 위한 발 롤러입니다. 잘 뭉칠 수밖에 없는 발바닥의 근육을 풀어주어 섬세한 발 동작을 가능하게 해줍니다. 발의 피로를 풀어주고 혈액 순환을 촉진해 주는 효과도 있어서 발롤러를 사용해 보면 모든 분들이 시원하다며 좋아하십니다.

마지막으로 테라 밴드(스트레칭 밴드)입니다. 색에 따라 탄성이 다른 고무 밴드로, 최근에는 발레에서 뿐만 아니라 많은 분들이 운동 보조기구로 많이 사용하고 계십니다. 테라밴드는 유연성과 근력 향상을 위한 동작에서 다양하게 활용이 가능하고. 특히 발레에서는 발 근력을 키우기 위해 테라밴드를 이용한 발 운동을 많이 합니다.

이렇게 발레샵에 있는 다양한 용품들은 각각의 특별한 목적과 역할을 가지고 있습니다. 발레의 우아한 춤 뒤에는 이러한 다양한 도구들이 많은 도움을 주고 있답니다.

취미 발레러의 끝

클래식 작품을 배우다

운동으로 발레를 시작했더라도, 발레를 하다보면 클래식 발레 작품에 대한 로망이 생기게 되실 거예요. 요즘은 유튜브로 콩쿠르 영상이나 유명 발레단의 공연을 쉽게 볼 수 있게 되면서 클래식 작품이 더욱 가깝게 느껴집니다. 게다가 발레를 하지 않았을 때는 발레 영상을 한 번도 본 적이 없을지 몰라도, 발레를 시작하면 관심이 생기면서 우연히라도 보게 되지요. 그렇게 한번 발레 영상을 보기 시작하면 점점 빠져드는 재미를 느끼게 됩니다.

발레는 하는 재미도 있지만, 보는 재미가 있습니다. 클래식 발레 작품도 많고 그 안에 솔로 작품은 더욱 많으니 이것저것 찾아보는 재미가 쏠쏠합니다. 다양한 분위기의 작품을 찾아 보고, 한 작품을 보더라도 발레단이나 발레리나에 따라 달라지는 다양한 버전을 감상하는 등 점점 심도 있게 영상을 찾아보게 되지요. 발레 콩쿠르 동영상을 보다 보면 자연스럽게 나도 한번 해보고 싶다는 로망이 생기고, 나아가 다양한 작품을 다 배워보고 싶다는 욕심이 생깁니다.

클래식 작품을 배운다는 건 '백조의 호수' '잠자는 숲 속의 미녀' '호두까기 인형' '지젤' 등등 너무나 많은 클래식 전막 공연 중에서도 솔리스트°가 나와서 춤을 추는 솔로 베리에이션을 배우는 것을 의미합니다. 솔리스트들의 춤이기 때문에 보통 꽤 난도 있는 테크닉들이 포함되어 있습니다. 그래서 다양한 발레 동작을 따라 할 수 있어야 클래식 발레 솔로 베리에이션을 배울 수 있습니다.

제가 수업을 해보면 대표적으로 인기 있는 작품이 있습니다. 그 대표적인 작품 몇 가지만 소개해 드릴게요.

먼저 강렬한 임펙트가 있는 작품입니다. 탬버린을 발로 차는 〈에스메랄다〉 중 '에스메랄다 솔로', 부채를 흔들며 매혹적으로 춤을 추는 〈돈키호테〉 중 '키트리 솔로'는 늘 인기가 많습니다. 로

● Soliste, 발레에서 주요 역할을 담당하는 무용수를 뜻한다.

맨틱 튜튜를 입는 낭만 발레로는 〈지젤〉 중 '지젤 솔로', 발랄한 분위기의 〈코펠리아〉 중 '스와닐다'와 〈고집쟁이 딸〉 중 '고집쟁이 딸'을 재밌어합니다. 그 외에도 〈백조의 호수〉 중 '파랑새'〈탈리스만〉 중 '탈리스만' 등을 대표적으로 많이 배우고 좋아하십니다.

요즘은 성인 취미 발레학원에서도 클래식 솔로 작품을 배울 수 있도록 작품반 수업을 개설한 곳이 많습니다. 배워보고 싶은 작품이 있다면 이 수업에 참여해 보세요. 발레 클래스와는 다른 차원의 매력을 느낄 수 있을 겁니다. 우리가 매일 반복하는 발레 기본 동작들은 결국 이렇게 멋진 작품을 직접 춤으로 표현하기 위한 과정이었다는 것을 작품을 해보며 느끼실 수 있을 겁니다.

제가 어릴 때는 단체로 작품을 배울 수 있는 수업이 없어서, 개인적으로만 작품을 받아서 클래식 발레 작품을 배울 수 있었습니다. 13살 때 처음으로 클래식 발레 작품을 받던 날을 아직도 기억합니다. 매일 다니는 발레학원 가는 길이었지만, 그날은 더욱 특별하게 느껴졌었지요. 발레학원을 향하는 나의 발걸음, 한 걸음 한 걸음에 설렘이 가득 담겨있었어요. 클래식 발레 작품을 배운다는 것, 특히 나에게 어울리는 작품을 선생님이 특별히 고민해서 정해주실 거라는 게 너무 기대가 되었답니다. '드디어 나도 진짜 발레리나들이 하던 작품을 오늘 할 수 있게 된다니!'

마치 발레리나로 데뷔를 하는 것만 같았답니다.

개인적으로 작품을 받지 않더라도, 작품반 수업을 통해서 단체로 클래식 발레 작품을 배워도 비슷한 설렘과 만족감을 느끼는 것 같습니다. 일반 클래스만 하다가 작품반을 경험한 이지현 님은 동영상으로만 보던 작품을 처음으로 직접 출 수 있게 되니, 진짜 발레리나가 된 듯한 기분을 느꼈다고 합니다. 처음에는 마음과 달리 완벽히 따라 할 수 없어서 자괴감 같은 것이 밀려오기도 하지만, 작품에 나오는 동작들을 마스터하고 싶다는 확실한 목표가 생기면서 더욱 발레에 빠지게 되었다고 말씀하십니다.

발레 클래스의 최종 목적은 결국 작품을 배워서 무대에서 공연하는 것이라 할 수 있습니다. 예쁘고 튼튼한 몸을 만들고, 발레 테크닉을 연마하여, 발레 작품으로 완성을 시켜보는 것이지요. 그런 경험은 다른 운동에서는 느낄 수 없는 예술적 차원의 성취감과 만족감을 느끼게 해줄 겁니다.

아마추어 콩쿠르 참여하기

그룹 수업에서 작품을 배워보았다면 그다음에는 무대에 서보고 싶다는 욕심이 생깁니다. 그렇다면 나에게 맞는 '나만의 작품'을 선정하여 받아보세요. 보통 작품은 그 사람을 가장 빛나게 해주는, 그 사람에게 가장 잘 어울리는 작품을 선생님이 선택해 줍니다. 그리고 그 작품 하나를 마스터할 때까지 죽어라고 연습합니다. 그렇게 준비가 되면 콩쿠르에 도전할 수 있습니다.

최근에는 성인 취미 발레러가 참여할 수 있는 콩쿠르가 매우 많아졌습니다. 그래서 아마추어들도 콩쿠르에 도전하기가 그리 어렵지 않습니다. 참가자들의 실력이 천차만별이기는 하지만, 전공자처럼 열심히 준비해서 참여하시는 분들도 많습니다.

그래도 참가자 대부분은 토슈즈를 착용하고 콩쿠르에 참여합니다. 토슈즈를 신고 클래식 작품을 한다는 것은 꽤 숙련된 상태입니다. 그런 실력 있는 참가자들이 상당히 많다는 것은 이제 우리나라의 성인 취미 발레가 그만큼 활성화되고 발전했다는 증거이겠지요.

"모두가 나를 바라보고 있고 나에게만 집중해 주는 느낌을 일상에서 받기란 쉽지 않잖아요." 취미 발레 콩쿠르 참여했던 이정은 님의 이야기입니다. 일상생활 속에서는 스포트라이트를 받으며 주인공이 되는 경험을 하기가 쉽지 않은데, 발레 무대를 통해 완전히 주인공이 되는 경험이 특별했다고 합니다. 더불어 발레 콩쿠르를 준비하면서 입상하겠다는 뚜렷한 목표가 생기면 치열하게 노력하게 됩니다. 덕분에 결과가 성취되면 만족감도 엄청 크다고 합니다. 어른이 되면 어디선가 상을 받는 것이 쉽지 않습니다. 그래서인지 발레 콩쿠르를 통해서 상을 받은 분들은 덕분에 큰 성취감을 맛볼 수 있었다고 합니다. 또한 나를 설명하는 특별한 커리어가 되어 자존감을 크게 올려주었다고도 말씀하셨습니다. 정은 님에게 발레는, 앞으로도 이런 과정을 통해 삶의 큰 원동력이 되어줄 것입니다.

반짝이는 발레 의상을 입고, 화려한 무대 분장을 하고, 커다란 무대에서 눈부신 조명을 받으며, 발레를 추는 것은 매우 특별한 경험입니다. 커다란 무대에 서는 엄청난 긴장감과 설렘은 일상에서는 느낄 수 없는 삶의 큰 활력이 되어 주지요. 콩쿨을 준비하는 과정 속에서 성장하는 나를 보며 느끼는 성취감과 자존감, 그리고 입상으로 남게 되는 내 발레 실력의 증거들로 인해 내 삶의 만족도가 더욱 올라가게 됩니다.

아마추어 발레단 입단하기

무대에 서고 싶다면 콩쿠르 말고도 공연으로 참여하는 방법이 있습니다. 성인 취미 발레러의 인구가 늘면서 우리나라에서도 아마추어 발레단들이 생겨나고 있기 때문에 알아보면 충분히 도전할 수 있습니다.

대표적으로는 서울발레시어터 부설 '마이 에뚜왈' 발레단, 와이즈 발레단 부설 '스완스' 발레단이 있습니다. 이 발레단의 일원으로 공연하려면 입단 오디션을 통과해야 하는데요. 취미 발레러들은 입단 오디션을 위해서 발레 전공생처럼 준비를 하는 경우가 많습니다. 게다가 입단하면 정기 연습에도 참여해야 합니다. 때문에 발레단에 들어간 분들은 삶에서 발레의 비중을 정말 크게 둔 분들이라 할 수 있습니다.

위 발레단처럼 규모가 큰 공연 무대에 서는 곳도 있지만, 발레 클래스에서 구성하는 크고 작은 발레단들도 많이 있습니다. 평소 발레 클래스를 함께하는 회원과 선생님을 중심으로 구성되어 발표회 공연을 많이 올리지요. 한번 공연을 치르고 나면, 알음알음 사람들에게 알려지면서 다양한 지역 행사에 초대되며 꾸준히 공연을 이어가는 경우도 종종 있습니다. 이렇게 찾아주는 곳이 생기면 정말 발레리나가 된 것 같은 만족감과 기쁨을 느낄 수 있습니다. 더불어 함께 공연하는 동료들과는 끈끈한 유대감과 소속감을 느낄 수 있기에 좋은 취미 생활이 되어줍니다. 발레 공연은 발레 클래스와는 또 다른 차원의 삶의 활력소가 되어 줄 수 있습니다.

발레 프로필 촬영하기

발레 콩쿠르나 발레단 활동이 부담스럽다면, 가볍게 발레 프로필 촬영을 해보는 것도 좋습니다. 바디 프로필처럼 요즘은 발레 프로필 사진을 찍는 것도 하나의 트랜드거든요.

성인 취미 발레러를 전문적으로 촬영해 주시는 발레 프로필 작가님들이 여럿 계십니다. 열심히 운동해서 발레 바디라인을 만들었다면, 발레리나와 같은 멋진 사진을 찍을 수 있습니다. 바디프로필을 준비하는 것처럼 발레라인을 만드는 노력을 집중적으로 하는 것이 좋습니다. 그리고 사진을 촬영한 후에는 다른 사진들처럼 발레 프로필도 훌륭한 보정기술의 도움을 받을 수 있기 때문에, 감탄이 나오는 멋진 사진들을 가질 수 있습니다.

발레리나처럼 예쁜 모습을 고퀄러티의 사진으로 남겨 보세요. 발레 프로필은 나의 가장 자랑스러운 인생 사진, 프로필 사진이 되어줄 것입니다.

발레 자격증 따기

발레를 심도 있게 꾸준히 하다 보면 발레로 직업을 얻고 싶어지는 사람도 있습니다. 과연 취미 발레가 직업으로 이어질 수 있을까요?

발레는 다른 분야보다는 어릴 때 시작해서 대학에서 발레를 전공해야지 발레 선생님이 될 수 있는 분야로 인식되어 있기는 합니다. 하지만 대학에서 발레를 전공한 전공자가 아니더라도 직업을 얻을 수 있도록 도와주는 발레 관련 자격증이 있습니다. 실제 취업과 연결되어도 좋고, 자격증 이수를 위해 심도 있게 발레를 공부하는 기회로 생각해도 의미가 있습니다. 아무래도 평소에는 실기 위주로만 발레를 배우기 때문이죠. 자격증 과정을 거치면서 체계적으로 이론 수업을 들으면 발레의 이해를 높일 수 있어 의미 있는 시간이라고 생각합니다. 무엇보다 오랫동안 해 온 발레에 대한 인증을 받는 의미도 되니 본인에게 맞는 자격증을 찾아 공부해 보는 것도 좋을 것 같습니다.

예시로 한 협회에서는 〈안티에이징 발레〉 지도자를 양성하는 과정이 있어서, 발레를 안티에이징적 효과를 중심으로 배우고, 또 가르칠 수 있도록 합니다. 나아가 안티에이징 강사로 등록되면 안티에이징 발레 수업 강사로 파견됩니다.

장래 희망은 발레하는 할머니

20년 전 미국 연수 시절, 발레 클래스에서 '발레하는 할머니'를 보았습니다. 핑크색 발레복을 입고, 라이브 피아노 반주에 맞춰 춤추며, 자신의 발레에 빠진 행복한 소녀 같은 할머니. 그날 제게는 저렇게 할머니가 되어서 행복하게 발레하면서 늙어가야겠다는 꿈이 생겼습니다. 아직 우리나라에서는 낯선 모습일 수 있습니다. 하지만 장담합니다. 곧 우리나라 발레 무용실에도 아름다운 할머니 발레리나, 멋진 할아버지 발레리노들이 늘어나리란 것을 말이지요.

발레에는 건강하고 행복한 노년을 보내기 위한 해답이 있습니다. 발레의 우아한 움직임을 배우고, 발레의 매너를 몸에 익히는 것은, 나를 품위 있고 아름답게 만들어 가는 과정이기 때문이지요. 이것은 노년의 나를 레벨업 시켜주고, 자신감과 자존감을 높여 줄 것입니다.

 백발의 할머니, 할아버지가 클래식 음악에 맞춰 우아하게 움직이며, 아름답게 춤을 추는, 행복이 충만한 발레 수업을 꿈꿉니다. 그들이 발레를 통해 자신이 사랑스럽다고 느끼며, 자존감이 올라가고, 행복함을 느낄 수 있도록 돕고 싶어요. 그런 발레는 꼬부랑 할머니, 할아버지가 되어서도 할 수 있으니까요.

발레하는 할머니

초판인쇄 2024년 8월 30일
초판 3쇄 2024년 11월 22일

지은이 예라영
발행인 채종준

출판총괄 박능원
책임편집 유나
디자인 서혜선
마케팅 조희진
전자책 정담자리
국제업무 채보라

브랜드 라라
주소 경기도 파주시 회동길 230(문발동)
투고문의 ksibook13@kstudy.com

발행처 한국학술정보(주)
출판신고 2003년 9월 25일 제406-2003-000012호
인쇄 북토리

ISBN 979-11-7217-475-0 03810